공부가 되는
이솝 우화

〈공부가 되는〉 시리즈 **34**

공부가 되는
이솝 우화

초판 1쇄 발행 2012년 1월 27일
초판 3쇄 발행 2018년 1월 5일

원작 이솝
엮음 글공작소

책임편집 주리아
책임디자인 노민지

펴낸이 이상순
주   간 서인찬
편집장 박윤주
기획편집 한나비, 김한솔
디자인 유영준, 이민정
마케팅 홍보 이상광, 이병구, 오은애

펴낸곳 (주)도서출판 아름다운사람들
주소 (10881) 경기도 파주시 회동길 103
대표전화 (031)955-1001 **팩스** (031)955-1083
이메일 books777@naver.com
홈페이지 www.books114.net

ⓒ2012, 글공작소
ISBN 978-89-6513-148-9   63890

공부가 되는
이솝 우화

원작 이솝 | **엮음** 글공작소 | **추천** 정명순(대송초등학교 교사)

아름다운사람들

공부가 되는 이솝 우화

01 논리와 사고력

02 재치와 유머

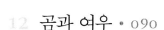

03 가치와 품성

아이들이
『공부가 되는 이솝 우화』를
읽으면 좋은 이유

1 2,500년 동안 전해져 온 사고력 창고입니다

『이솝 우화』는 기원전 600년 그리스에서 '이솝'이라는 사람이 지은 이야기로 그로부터 2,500년이 지난 지금까지 동서고금을 막론하고 널리 읽히고 있는 책입니다.
『이솝 우화』가 이만큼 오랫동안 생명력을 가진다는 것은 그 안에 사람에게 꼭 필요한 생각의 샘을 만들어 주는 지혜와 논리 그리고 울림을 주는 가르침이 듬뿍 담겨 있다는 반증일 것입니다. 한마디로 『이솝 우화』는 사고력의 창고라 할 수 있습니다.

2 짧은 이야기로 깊은 논리와 가치를 담아내고 있습니다

이렇게 전해 내려오던 『이솝 우화』는 지금으로부터 약 600년 전후인 중세 말기부터 서양 아이들의 교육 교재로 쓰이기 시작하였고 근대 초기에 이르러서는 더욱 유명해져 학교 교과서로까지 사용되었습니다. 『이솝 우화』의 장점은 글이 아주 짧아서 남녀노소 누구나 쉽게 읽을 수 있을 뿐 아니라 그 이야기가 전해 주는 울림이 다른 어떤 이야기보다도 깊은 효과를 준다는 것에 있습니다. 특히 이 책은 『이솝 우화』를 통해 생각하는 방법과 법칙을 배우고 그것을 자신의 논리로 만들 수 있는 이야기들로 가려 뽑았습니다.

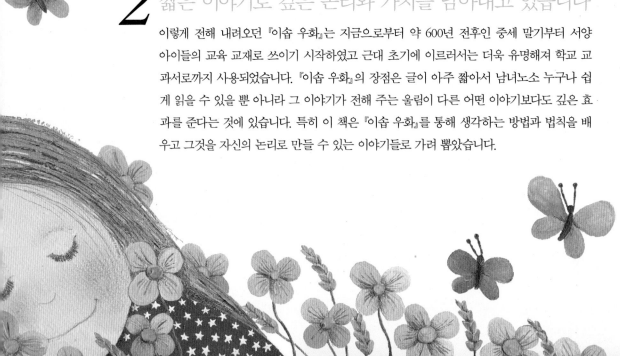

3 여섯 가지 생각의 법칙이 한 권에 담겨 있습니다

『이솝 우화』는 초등학교 교과서에도 여러 편이 실려 있습니다. 그만큼 아이들에게 절대적으로 필요한 지혜와 가치를 전해 주기 때문일 것입니다. 특히 이 책에서는 『이솝 우화』 중에서도 우리 아이들에게 꼭 필요하고 도움이 되는 여섯 가지 생각의 법칙을 전해 주는 내용으로 묶여 있습니다. 그 내용은 다음과 같습니다.

첫째, 생각의 깊이와 뼈대를 세우는 논리와 사고력 높이기
둘째, 생각의 설득력을 풍성하게 하는 재치와 유머 기르기
셋째, 생각의 진실성을 더하는 가치와 품성 다지기

이렇게 묶여진 내용들은 『이솝 우화』의 효과를 극대화하여 우리 아이들에게 전달해 줄 것입니다.

4 공부의 즐거움을 깨치는 〈공부가 되는〉 시리즈

공부가 되는 시리즈는 공부라면 지겹게만 여기는 우리 아이들에게 공부의 즐거움을 깨쳐 주면서 아울러 궁금한 것이 많은 우리 아이들의 지적 호기심을 동시에 해결해 주는 시리즈입니다. 공부의 맛과 재미는 탄탄한 기초 교양의 주춧돌 위에 세워질 때 그 효과가 배가됩니다. 그리고 그 기초 교양은 우리 아이들이 학습에서 자기 주도적 능력을 이끌어 내는 데 큰 밑거름이 됩니다. 『공부가 되는 이솝 우화』는 우리 아이들에게 옳고 그름에 대한 명확한 분별력과 논리와 사고력을 동시에 길러 주는 데 많은 도움을 줄 것입니다. 부디 우리 아이들에게 이 책이 자신의 삶을 가치 있는 삶으로 만들어 가는 데 좋은 나침반이 되기를 바랍니다.

01
논리와
사고력

01
고양이와 방울

어느 날, 쥐들이 회의를 열었습니다.

"고양이 때문에 살 수가 없어요. 도대체 무서워서 마음 놓고 다닐 수가 없다고요."

누군가가 크게 불평을 터뜨렸습니다.

"맞아요. 우리는 언제까지 고양이 눈치를 보면서 살아야 하나요?"

"워낙 소리도 없이 움직이니까 언제 어디서 부딪힐지 몰라 불안해 죽겠어요!"

불만에 찬 목소리들이 여기저기서 터져 나왔습니다. 그때였습니다.

"제게 좋은 생각이 있어요!"

누군가가 벌떡 일어나 소리쳤습니다. 용감한 청년 쥐였습니다.

"고양이가 어디에 있는지 알 수 있게 고양이 목에 방울을 달면 어떨까요? 그러면 소리가 나는 곳만 피하면 되니까 안심하고 다닐 수 있을 거예요!"

"우와, 그거 정말 좋은 생각이야!"

"그럼 딸랑딸랑 소리만 조심하면 되는 거잖아? 아, 이제야 안심이 되네."

투덜거리던 쥐들이 희망에 찬 목소리로 웅성거렸습니다. 의견을 낸 청년 쥐는 으쓱해졌습니다.

"그런데……."

가장 나이 든 쥐가 조용히 입을 열었습니다.

"누가 고양이 목에 방울을 달 것인가?"

순간, 웅성거리던 쥐들이 조용해졌습니

고양이 목에 방울 달기

'고양이 목에 방울 달기'는 『이솝 우화』에 나오는 이야기이기도 하지만 우리 나라에서도 옛날부터 전해 내려오는 이야기로 『이솝 우화』와 그 내용이 비슷해요. 그래서 '고양이 목에 방울 달기'라고 하면 우리 속담으로도 널리 쓰이고 있어요. '고양이 목에 방울 달기'라는 말은 번지르르 하지만 실행하기 어려운 것을 공연히 의논하는 것을 빗대어 말할 때 쓰여요.

다. 청년 쥐도 조용히 자리에 앉았습니다.

방울을 다는 것은 좋지만, 그 날카로운 고양이의 이빨과 발톱을 생각하면 누구도 선뜻 나설 수가 없었던 것입니다. 나이 든 쥐는 한숨을 쉬며 고개를 저었습니다.

"말이야 누가 못해? 중요한 것은 행동이야, 행동!"

02
여우와 포도

배고픈 여우가 시골길을 걷고 있었습니다.

"아, 배고파. 뭐 먹을 것 좀 없을까?"

그때 탐스러운 포도가 주렁주렁 열린 포도밭이 눈에 들어왔습니다.

"이야, 맛있는 포도네. 잘됐다. 저 포도를 따 먹어야지!"

여우는 신이 나서 포도를 향해 깡충 뛰었습니다. 그런데 아무리 뛰어도 포도가 입에 닿지 않는 거예요.

"그럼 나무에 기어 올라가서 따 먹어야지."

하지만 나무에 기어오르기도 쉽지 않았습니다. 몇 번이나 나무에서 미끄러진 여우는 심술궂은 목소리로 투덜거렸습니다.

"흥, 다시 보니까 맛도 없고 시기만 하겠네. 저런 포도는 먹고 싶지 않아."

여우는 창피한 생각에 아무 잘못도 없는 포도를 나무랐습니다.

03
도시 쥐와 시골 쥐

어느 날, 도시 쥐가 시골 쥐를 찾아왔습니다.

"어서 와, 친구. 이야, 옷이 멋진걸!"

시골 쥐는 반갑게 도시 쥐를 맞이했습니다.

"안녕, 반가워. 그런데 너는 이런 헛간 같은 곳에서 지내는 거니?"

도시 쥐는 얼굴을 찌푸렸습니다.

"도시에서 살다 보니 이런 곳은 누추하지? 잠깐만 기다려. 맛있

는 걸 좀 내 올게."

　시골 쥐는 미안한 표정으로 음식을 내
왔습니다. 옥수수, 감자, 해바라기씨 같은
소박한 음식들이었지요. 도시 쥐는 그것
을 보고 얼굴을 찌푸렸습니다.

"이런 걸 먹고 어떻게 사니? 안 되겠다.
너 나랑 같이 도시에 가자."

"정말? 나도 도시에 데리고 가 줄 거
니?"

시골 쥐는 뛸 듯이 기뻐했습니다.

"그럼, 도시에는 이런 맛없는 음식들 말
고 정말 맛있는 것들이 얼마든지 있어."

도시 쥐는 의기양양하게 말했습니다.

다음 날, 시골 쥐와 도시 쥐는 도시에 도착했습니다.

　　시골 쥐는 처음 보는 도시의 번화한 모습에 넋을 잃었습니
다. 커다란 건물들이 가득하고, 넓은 길에는 자동차들이 붐볐
지요. 또 사람들은 얼마나 많이 지나다니는지요. 도시 쥐는 그런 시골
쥐를 데리고 어느 집 부엌 벽에 난 구멍 속으로 들어갔습니다.

"어때? 시골이랑은 비교도 할 수 없을 만큼 화려하지?"

낮말은 새가 듣고 밤말은 쥐가 듣는다

쥐가 등장하는 이 속담은 아침 일찍부터 낮에 활동하는 새와 밤에 주로 활동하는 쥐의 생태를 잘 표현하여 세상에는 비밀이 없음을 나타내는 말이에요. 낮말은 낮에 하는 말이고 밤말은 밤에 하는 말이에요. 이 말은 주위에 아무도 없다고 여겨 남의 흉을 보거나 좋지 않은 말을 하면 누군가는 꼭 그 소리를 듣고 알게 된다는 의미예요. 그래서 늘 함부로 남의 흉을 봐서는 안 되고 또한 세상에는 비밀이 없다는 뜻을 동시에 가지고 있어요.

"응, 정말 그래."

시골 쥐는 고개를 끄덕였습니다.

"기다려 봐. 네가 한 번도 먹어 보지 못한 맛있는 것들을 가져다줄게."

어디론가 사라졌던 도시 쥐가 곧 음식들을 잔뜩 들고 나타났습니다.

"자, 이건 치즈고 이건 초콜릿이야. 또 이건 비스킷이고. 이런 게 얼마든지 있단다. 마음껏 먹어, 친구."

도시 쥐가 잔뜩 으스대며 말했습니다.

"와, 정말 맛있겠다!"

시골 쥐가 막 치즈 한 조각을 입에 집어넣으려고 할 때였습니다.

"크르르……."

어디선가 나지막하게 개가 으르렁거리는 소리가 들려왔습니다.

"앗, 큰일 났다! 숨어!"

도시 쥐는 혼비백산해서 시골 쥐를 데리고 구석에 숨었습니다. 숨도 쉴 수 없는 긴장감이 흘렀습니다.

"아, 지나갔다. 이제 먹어. 이 집에 사는 강아지인데 들키면 좀 골치 아

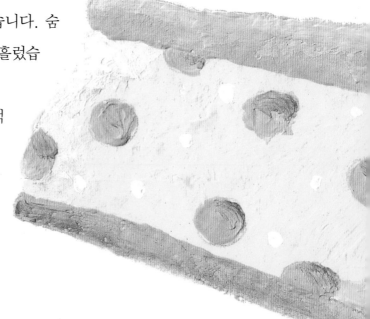

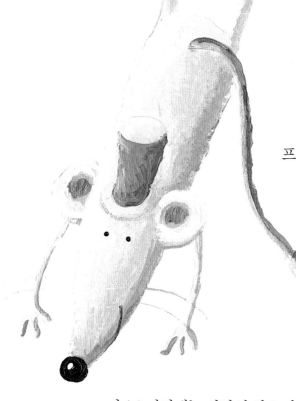

프거든."

걱정스러운 얼굴의 시골 쥐에게 도시 쥐가 아무렇지 않다는 듯 말했습니다. 시골 쥐는 조심스럽게 음식을 다시 먹기 시작했습니다. 그런데 몇 입이나 먹었을까요? 이번에는 사람의 발소리가 들렸습니다.

"이크! 이번에는 정말 큰일인걸! 들키면 안 돼, 숨어!"

시골 쥐와 도시 쥐는 또다시 구석에 숨었습니다. 식사를 하는 동안 이런 일은 서너 번이나 더 반복되었습니다.

마침내, 시골 쥐가 말했습니다.

"친구, 아무래도 난 도시와 맞지 않는 것 같아. 좀 덜 맛있는 음식이라도 마음 편하게 먹을 수 있는 시골이 더 좋아. 난 돌아가겠네."

그러고는 미련 없이 시골로 돌아가 버렸습니다.

04
왕을 내려 주세요!

커다란 연못에 개구리들이 옹기종기 모여 살고 있었습니다. 그런데 개구리들은 툭하면 여기저기서 싸움을 벌이거나 말다툼을 하곤 했답니다. 그래서 연못은 하루도 조용할 날이 없었습니다.

개구리들은 자신들에게 왕이 없기 때문에 이런 일이 생긴다고 생각했습니다. 그래서 모두 모여 신에게 빌었습니다.

"신이시여, 제발 저희에게도 왕을 내려 주십시오!"

개구리들이 날마다 개굴개굴

시끄럽게 울어 대며 빌자, 신은 통나무 하나를 연못에 던져 주었습니다.

개구리들은 한동안 통나무를 왕으로 모시고 살았습니다.

"왕이시여, 못된 뱀을 쫓아 주십시오."

"왕이시여, 저와 제 아내가 싸웠습니다. 누가 옳은지 판결을 내려 주십시오."

개구리들은 왕에게 온갖 소원을 빌었습니다. 그런데 통나무는 꿈쩍도 하지 않았습니다.

마침내 개구리들은 통나무가 아무런 말도 하지 못하고, 생각도 못한다는 것을 알아버렸습니다. 개구리들은 신에게 화를 냈습니다.

"신이시여, 이런 말도 못하는 왕 말고 우리를 훌륭하게 다스려 줄 수 있는 왕을 내려 주십시오! 개굴개굴……."

신은 자신들의 문제를 스스로 해결하려 들지 않고 왕만 바라는 개구리들에게 화가 났습니다. 그래서 커다란 황새를 왕으로 삼아 연못에 내려 보냈습니다. 황새는 시끄럽게 울어 대는 개구리들을 닥치는 대로 잡아먹어 버렸습니다. 개구리들은 그제야 후회했습니다.

"우리 연못이니 우리 스스로가 잘 다스리면서 살면 됐을걸……."

여우 피해서 호랑이 만난다

이 속담은 앞에 닥친 어려움을 우선 피하려고 꾀를 피우다가 오히려 나중에는 더 큰 어려움을 만난다는 말이에요. 개구리들도 마찬가지예요. 서로 싸우고 욕심을 부리다 자꾸 더 나쁜 상황을 만나면서 나중에 후회하게 되지만 이미 때는 늦고 말아요. 그러니 어떤 어려움을 만나면 피하려 하지 말고 이겨 나가는 것이 더 중요해요.

05
하녀와 수탉

어느 부지런한 노부인의 집에 한 하녀가 있었습니다. 노부인은 새벽에 수탉이 울자마자 일어나 하녀에게 일을 시켰습니다.

"수탉이 울었어. 날이 밝았다고, 일어나서 일을 해야지."

하녀는 수탉이 너무나 미웠습니다.

'저놈의 수탉만 없어도 아침에 좀 더 잘 수 있을 텐데.'

그러던 어느 날, 하녀는 마침내 더는 참지 못하고 노부인 몰래 수탉을 죽여 버렸습니다.

"아휴, 속이 다 시원하네. 이제 아침에 좀 더 오래 잘 수 있겠지?"

하녀는 신이 났습니다. 그런데 이게 웬일입니까?

"우리 수탉이 어디로 갔지? 수탉이 울지 않으니 도대체 언제 날이 밝는지 알 수가 없네."

새벽잠이 없는 노부인은 전보다 훨씬 일찍부터 하녀를 깨워 일을 시키기 시작했습니다. 수탉이 있을 때는 잠이 일찍 깨더라도 수탉이 울 때까지 기다렸다 하녀를 깨웠는데 말이지요.

하녀는 한숨을 쉬며 후회했지만, 이미 때는 늦었답니다.

06
아버지와 아들

아버지와 아들이 당나귀를 팔기 위해 시장으로 가고 있었습니다. 그 모습을 보고 지나가던 사람이 말했습니다.

"아니, 멀쩡한 당나귀를 두고 왜 걸어가지? 타고 가면 될 텐데."

듣고 보니 그 말이 맞는 것 같았습니다. 아버지는 아들을 당나귀 등에 태웠습니다. 한참을 가고 있는데 누군가가 그 모습을 보고 기가 막힌다는 듯이 말했습니다.

"아니, 나이 든 아버지를 걷게 하고서 혼자 편하게 당나귀를 타고 가다니 저런 불효막심한 아들을 보았나!"

그 말을 들은 아들은 얼른 당나귀에서 내렸습니다. 이번에는 아버지가 당나귀를 타고 아들이 고삐를 잡고 걸었습니다. 그러자 지나가던 한 부인이 아버지에게 손가락질을 했습니다.

"저런 인정머리 없는 아버지 같으니라고. 염치없이 어린 아들은 힘

들게 걷게 하고서 자기는 당나귀를 타고
가?"

그러자 아버지는 아들을 안아 올려 앞
에 태웠습니다. 그 모습을 본 사람들이 또
다시 흉을 보았습니다.

"세상에, 둘씩이나 타고 가다니 사람들
이 어쩜 저렇게 못됐을까. 불쌍한 당나
귀!"

아버지는 화가 났습니다.

"아니, 이래도 저래도 안 된다면 도대체
어떻게 해야 되는 거야?"

아버지는 당나귀의 다리를 두 쪽씩 밧줄로 묶어 장대에 단단히 매달
았습니다.

"자, 한 쪽씩 매고 가자."

아버지와 아들은 그렇게 해서 당나귀를 장대에 매달고 시장으로 갔
습니다. 그 모습을 본 사람들은 배꼽이 빠져라 웃었습니다.

"하하하, 세상에 당나귀를 장대에 매달았어!"

"호호호, 우스워라. 저런 모습은 생전 처음 봐."

화가 난 아버지는 씩씩거리며 당나귀를 강물에 던져 버렸습니다. 그
러고는 이내 후회하며 이렇게 말했습니다.

그 아버지에 그 아들

아들이 여러 면에서 아버지를 닮았다
는 속담으로 '그 아버지에 그 아들'이라
는 말이 있어요. 여기 나오는 이야기도
아버지와 아들이 서로 한 치의 융통성
이나 줏대도 없이 남의 말을 곧이곧대
로 듣고 따라하다가 망신당하는 과정
이 나와요. 아버지와 아들이 닮았다는
뜻을 지닌 이 속담과 비슷한 사자성어
로는 '부전자전'이 있어요.

"처음부터 남들이 뭐라고 말하든 신경 쓰지 말걸 그랬어. 남들 하는 말에 휘둘리다 결국 이게 뭐야. 당나귀만 잃었잖아."

07
남자와 제비

재산을 모두 탕진하고 옷 한 벌만 달랑
남은 한 남자가 있었습니다. 그런데 어느 봄날
제비 한 마리를 보고는 그 옷 한 벌마저
팔아 버렸습니다.

제비 한 마리를 보고는 곧 따뜻한
봄이 올 것이라고 생각해서였지요. 그런데
날씨가 갑자기 추워지더니 심한 서리가 내렸답니다.

결국 제비는 얼어 죽고 말았습니다. 그러자 남자는 죽은 제비를 보고
버럭 화를 냈습니다.

"너 때문에 나도 얼어 죽게 생겼어."

제비 한 마리를 보고 따뜻한 봄이 왔다고 믿은 어리석은 남자는 자신
의 잘못을 깨닫지 못했습니다.

08
황소와 송아지

커다란 황소 한 마리가 좁은 외양간 문을 빠져 나오려고 애쓰고 있었습니다. 하지만 큰 덩치 때문에 좀처럼 빠져나오지 못했습니다.

그 모습을 지켜보던 어린 송아지 한 마리가 깔깔 웃으며 황소에게 말했습니다.

"잠시 비켜 보세요. 제가 어떻게 나오는지 보여드릴게요."

그러자 커다란 황소는 빙그레 웃으며 송아지에게 이렇게 말했습니다.

"나도 한때는 그 방법을 알고 있었단다. 네가 태어나기 전부터 말이야."

그제야 송아지는 자신의 몸이 황소의 몸보다 아주 작다는 것을 깨달았답니다.

'황소의 처지는 생각하지 않고 어리석다고만 생각했으니…….'

올챙이 개구리 적 생각 못 한다

사람은 누구나 잘 안되다가 잘될 때도 있고 또 잘되다가 잘 안될 수도 있어요. 이 속담은 어렵게 살다가 형편이 나아진 사람이 자신의 어려운 때를 생각 못 하고 자신보다 못한 사람을 업신여기거나 가벼이 볼 때 이르는 말이에요. 이 이야기에서는 반대로 어린 송아지가 조금만 시간이 지나면 자신도 덩치가 큰 소가 되는지 깨닫지 못하고 다른 소를 비웃고 있는 모습을 그리고 있어요. 속담처럼 표현하자면 '올챙이 개구리가 될 것 생각 못 한다'와 같은 뜻을 담고 있어요.

09
개구리와 돌멩이

아이들 몇 명이 연못가에 모여 놀고 있었습니다. 그중 한 아이가 연못에 돌멩이 하나를 던져 넣었습니다.

퐁!

돌멩이는 재미있는 소리를 내며 연못에 빠졌습니다.

"어? 재미있는 소리가 나네? 나도 던져 봐야지."

"나도, 나도!"

퐁, 퐁, 퐁퐁퐁퐁…….

아이들은 신이 나서 너도나도 연못에 돌멩이를 집어 던졌습니다.

그때였습니다. 울상이 된 개구리들이 연못 밖으로 고개를 쏙 내밀었습니다.

"얘들아, 그만 해! 너희는 재미로 던지는 돌멩이지만, 우리는 목숨이 왔다 갔다 한다고!"

10
어리석은 비둘기

비둘기들이 모여 회의를 했습니다.

"솔개 때문에 정말 못살겠어요. 우리를 얼마나 괴롭히는지 몰라요."

"맞아요. 어제도 두 마리나 잡아먹혔다고요. 대책을 세워야 해요."

여기저기서 불만이 터져 나왔습니다. 그때 누군가가 손을 번쩍 들고 말했습니다.

"매에게 부탁을 해서 솔개를 쫓아 달라고 하면 어떨까요? 매는 솔개보다 훨씬 힘이 세잖아요."

"맞아요. 그거 참 좋은 생각이에요. 우리 매에게 부탁해요."

이렇게 해서 비둘기들은 힘센 매에게 부탁해 솔개를 쫓아 버렸습니다. 그러나 더 큰 문제가 생겼습니다. 매가 솔개보다 훨씬 더 많이 비둘기들을 잡아먹었으니까요.

11
질그릇과 놋그릇

어느 마을에 큰 홍수가 났습니다. 온갖 살림살이들이 물에 둥둥 떠내려갔지요. 그중에는 같은 집에서 흘러나온 질그릇과 놋그릇도 있었습니다. 놋그릇은 어떻게든 질그릇을 붙잡으려고 애썼습니다.

"질그릇아, 이리 가까이 와서 내 곁에 꼭 붙어. 내가 구해 줄게."

그러나 질그릇은 울상이 되어 말했습니다.

"마음은 고맙지만, 제발 가까이 오지 말아 줘. 나는 너한테 부딪히면 산산조각이 나게 될 거야."

놋그릇은 시무룩해졌습니다. 그런 놋그릇에게 곁에서 같이 떠내려가던 가마솥이 말했습니다.

"남을 도와주려는 마음은 좋지만, 그 사람이 어떤 도움을 필요로 하는지도 알아야지."

12
토끼와 여우와 독수리

 토끼들과 독수리들 사이에 싸움이 벌어졌습니다. 그러나 싸움은 쉽게 승패가 갈리지 않았습니다. 토끼들이 모여서 머리를 맞대고 의논을 했습니다.

 "이대로는 우리가 독수리들을 이길 수 없어. 좋은 방법이 없을까?"

 "여우들에게 도와달라고 하면 어떨까요? 그러면 우리가 더 힘이 세지니까 쉽게 이길 수 있지 않을까요?"

 "그거 좋은 생각이다."

 그래서 토끼들은 여우들을 찾아가 사정을 설명하고 도움을 청했습니다. 이야기를 들은 여우들이 대답했습니다.

"우리의 도움이 필요하다고요? 좋습니다. 도와드리지요."

토끼들은 뛸 듯이 기뻐하였습니다. 그러나 다음 순간, 토끼들의 표정은 다시 어두워졌습니다. 여우들이 이렇게 말했기 때문이지요.

"아, 그런데 알고 계시는지 모르겠습니다만, 우리는 독수리들과도 친구입니다. 만약 독수리들이 우리에게 도움을 청한다면 우리는 독수리들도 도울 수밖에 없습니다."

시무룩해져서 돌아온 토끼들은 이렇게 말했습니다.

"적의 친구에게 도움을 청하다니, 잘 알아보지도 않은 우리가 어리석었던 거야."

13
암소와 수소

날마다 좋은 건초만 골라서 먹고, 일도 하지 않고 지내는 암소가 있었습니다. 암소는 별로 좋지도 않은 건초를 먹으면서 하루 종일 들판에 나가 일을 하는 수소를 보고 놀렸습니다.

"호호호, 너는 오늘도 일만 하는구나. 그렇게 일하면서 좋은 건초도 못 먹다니 불쌍도 해라."

수소는 아무 대답도 하지 않고 묵묵히 자기 몫의 건초를 먹었습니다.

마을에 잔치가 열렸습니다. 그동안 일도 하지 않고 먹기만 해서 토실토실 살이 찐 암소는 마을 잔치에 쓸 고기가 되기 위해 끌려 나갔습니다. 암소는 그제야 눈물을 흘렸습니다.

"나를 귀하게 생각해서 잘 대접해 주는 줄 알았더니, 살 찌워 잡아먹으려던 거였어!"

그런 암소를 보며 수소가 안됐다는 듯 말했습니다.

"그러게. 무슨 일이든지 반드시 이유가 있기 마련이라고. 그것도 모르고 좋아라 먹어 대더니, 쯧쯧……."

14
소년과 항아리

한 소년이 입구가 좁은 항아리를 하나 발견했습니다.

"못 보던 항아리네. 뭐가 들어 있을까? 앗, 맛있는 나무 열매다!"

소년은 손을 펴서 간신히 항아리의 입구에 집어넣었습니다. 그리고 한 손 가득 나무 열매를 움켜쥐고 손을 빼내려고 했지만, 좁은 입구 때문에 쉽사리 빠지지 않았습니다. 소년은 울상이 되었습니다. 그 모습을 지켜보던 소년의 어머니가 말했습니다.

"애야, 손에 쥔 것을 조금만 덜어 보려무나. 그러면 손이 쉽게 빠질 거야. 한 번에 너무 많이 꺼내려고 하지 말고 조금씩 여러 번 꺼내면 되지 않겠니?"

15
사자의 욕심

사자 한 마리가 토끼를 쫓고 있었습니다.

"거기 서! 너를 오늘 내 점심거리로 삼아야겠어!"

토끼는 죽을힘을 다해 달아났습니다.

그때, 토끼의 옆으로 사슴 한 마리가 뛰어 가는 것이 보였습니다.

"어, 사슴이다. 에이, 이까짓 조그만 토끼 한 마리 먹어 봤자 배가 부르겠어? 그래, 사슴을 쫓자!"

그래서 사자는 토끼를 내버려두고 이번에는 사슴을 쫓기 시작했습니다. 그러나 사슴은 뜀박질이 너무 빨라서 도저히 따라 잡을 수가 없었습니다. 한참을 달리던 사자는 숨을 헉헉거리며 말했습니다.

"헉헉, 아이고 힘들어라. 이렇게 힘들게 사슴을 잡느니 차라리 손쉽게 토끼를 잡는 게 낫겠어."

그리고서는 아까 토끼를 놓쳤던 곳으로 되돌아 왔습니다. 그러나 토끼는 벌써 달아나고 보이지 않았습니다.

"처음부터 토끼만 쫓을걸. 괜히 사슴을 욕심내다 토끼까지 놓치고 굶게 생겼네."

사자는 툴툴거리며 숲 속으로 어슬렁어슬렁 걸어 들어갔습니다.

지나침은 모자람과 같다

사자는 배가 고파 토끼를 사냥하기로 해요. 하지만 더 큰 사슴이 보이자 토끼 쫓기를 그만두고 사슴을 쫓아가요. 이렇게 사자는 이것저것 욕심만 내다가 둘 다 놓치고 말아요. 그래서 나중에는 후회를 하지만 이미 때는 늦은 뒤였어요. 그래서 옛말에 '지나침은 모자람과 같다'고 했어요. 이것을 사자성어로는 '과유불급'이라고 해요.

16
당나귀와 짐

당나귀에 짐을 싣고 다니는 장사꾼이 있었습니다. 당나귀는 늘 장사꾼이 무거운 짐을 잔뜩 싣는 것이 불만이었습니다. 그러던 어느 날, 소금을 잔뜩 싣고 냇물을 건너던 당나귀는 발을 헛디뎌 그만 물에 빠지고 말았습니다.

"아이고, 이 조심성 없는 당나귀 같으니라고! 비싼 소금이 물에 다 녹아 버렸네. 내일 다시 가서 사 와야 하잖아!"

장사꾼은 화를 버럭 냈지만, 당나귀는 날아갈 듯 가벼워진 짐의 무게에 몹시 기뻤습니다.

'아하, 물에 빠지면 짐 무게가 훨씬 줄어드는구나. 다음에도 이렇게 해야지.'

다음 날이 되었습니다. 상인은 다시 소금을 사서 어제 그 길을 갔습니다. 냇물을 건널 때, 당나귀는 발이 미끄러진 척하며 일부러 주저앉아 버렸습니다. 장사꾼은 당나귀의 잔꾀를 알아차렸습니다.

'이놈의 당나귀. 네가 그랬겠다? 어디 혼 좀 나 봐라.'

다시 시장으로 돌아간 장사꾼은 이번에는 솜을 잔뜩 사서 당나귀의 등에 실었습니다.

'어라? 이번 짐은 왜 이렇게 가볍지? 벌써부터 이렇게 가벼우니 이따 냇물에 한

번 빠지고 나면 아무것도 없는 것처럼 가볍겠다. 히히히……..'

아무것도 모르는 당나귀는 냇물을 보자마자 냉큼 빠져 버렸습니다. 그런데 이게 웬일입니까? 짐이 가벼워지기는커녕, 솜이 물을 머금어 허리가 끊어질 듯 무거워진 것이 아니겠어요?

"요놈의 당나귀야! 네 잔꾀가 언제까지 통할 거라 생각했니? 어디 그 물먹은 솜을 지고 죽어라 걸어 보렴."

울상이 된 당나귀에게 장사꾼이 고소하다는 듯이 말했습니다.

17
양치기와 야생 양

한 양치기가 양떼들을 풀밭에 풀어 놓고 기르고 있었습니다. 저녁이 되어 양떼들을 우리 안으로 불러들인 양치기는 그 속에 야생 양들이 섞여 있는 것을 알았습니다.

'저 양들을 잘 대해 주어서 여기서 눌러 살도록 해야겠군. 그러면 나는 공짜로 양이 생기는 셈이야.'

그렇게 생각한 양치기는 자신의 양떼는 소홀히 하고 야생 양떼에게만 정성을 기울였습니다. 야생 양들을 따로 모아 더 좋은 건초를 주고 더 좋은 잠자리에 재우며 돌보았습니다.

다음 날이 되었습니다. 양치기는 야생 양들이 당연히 저녁이 되면 우리로 돌아오리라고 생각하였습니다. 그러나 야생 양들은 저녁이 되자 아무 미련 없이 산속으로 들어가 버렸습니다. 화가 난 양치기가 소리쳤습니다.

"내가 그렇게 잘 대해 줬는데 산으로 가다니, 이 은혜도 모르는 것들아!"

그러자 그중 한 마리가 양치기를 돌아보며 말했습니다.

"당신은 우리를 붙잡으려고 그런 거잖아요. 우리가 당신 우리에 머물게 되면 당신은 더 이상 우리에게 신경도 안 쓸걸요!"

그러자 양치기의 양들도 한마디 했습니다.

"있는 우리한테 잘해 줬어야지, 어리석은 양치기야!"

양치기는 이래저래 인심만 잃었습니다.

18
당나귀의 그림자는
누구의 것?

한 남자가 여행에 쓸 당나귀를 빌렸습니다.

"아, 마침 나도 거기까지 가려던 참인데 그럼 같이 갑시다."

당나귀의 주인도 남자와 같이 여행을 하기로 하였습니다.

한낮이 되었습니다. 뜨거운 햇살에 지친 남자는 당나귀의 그늘에 털썩 주저앉았습니다.

"아, 좀 살 것 같네."

당나귀의 주인도 당나귀 그늘에서 쉬고 싶었지만, 그늘이 너무 작았습니다. 그래서 당나귀 주인은 억지를 부리기 시작했습니다.

"이봐요. 내가 당나귀를 빌려 준 거지, 당나귀 그늘을 빌려 준 건 아니지 않소. 그러니 어서 비키시오."

남자는 어이가 없었습니다.

"아니, 그런 억지가 어디 있소? 당나귀 그늘에 임자가 어디 있다는 말이오?"

말다툼 끝에 두 사람은 급기야 서로 주먹질까지 하게 되었습니다. 그 틈에 당나귀는 짐을 실은 채 달아나고 말았지요. 전 재산을 잃은 두 사람은 허탈하게 중얼거렸습니다.

"이럴 줄 알았으면 그냥 그늘을 사이좋게 나눠 쓸걸."

꿩도 매도 다 놓친다

당나귀가 만든 그늘을 놓고 당나귀 주인과 당나귀를 빌린 사람이 서로 티격태격 싸우다가 그만 당나귀는 도망을 가고 말아요. 결국 두 사람은 그늘 밑에서 쉬지도 못하고 당나귀도 놓치면서 많은 손해를 보게 되었고 "처음부터 싸우지 않았으면 좋았을 텐데"라며 후회를 해요. 이렇게 지나친 욕심을 내다가 하나도 얻지 못하는 경우를 두고 '꿩도 매도 다 놓친다'고 해요.

19
새장 속의 새

낮에는 조용히 있다가 밤만 되면 노래하는 새가 있었습니다. 이상하게 생각한 박쥐가 노랫소리가 들리는 곳을 찾아가 보았습니다. 커다란 새장에 갇힌 새 한 마리가 고운 목소리로 노래를 부르고 있었습니다.

"아니, 새야. 왜 낮에는 가만히 있다가 사람들 다 자는 밤에만 노래를 부르는 거니?"

새가 대답했습니다.

"응. 나는 낮에 큰 소리로 노래를 부르다 사람들 눈에 띄어서 잡혀 왔거든. 그래서 낮에는 노래를 부르지 않아."

박쥐는 고개를 절레절레 흔들었습니다.

"진작에 조심을 하지 그랬니. 이젠 잡혀 와서 새장에 갇혔는데 낮에 조용히 한들 무슨 소용이 있겠니?"

20
강과 바다

바다로 흘러드는 강들이 모여 불만을 얘기했습니다.

"우리는 바다로 들어가기만 하면 온통 짠맛이 들어서 마실 수 없는 물이 돼 버려."

"맞아. 이대로는 참을 수 없어. 우리 바다한테 따지자."

강물들이 바다에게 우르르 몰려갔습니다.

"당신 때문에 우리까지 짠맛이 나잖아요. 어떻게 할 거예요?"

그러자 바다가 시큰둥하게 대답했습니다.

"그럼 너희가 나한테 가까이 오지 마. 그러면 되겠네."

그제야 강들은 자신들의 어리석음을 깨달았습니다.

"우리가 한 짓을 가지고 괜히 남 탓만 했어."

21
아버지와 두 딸

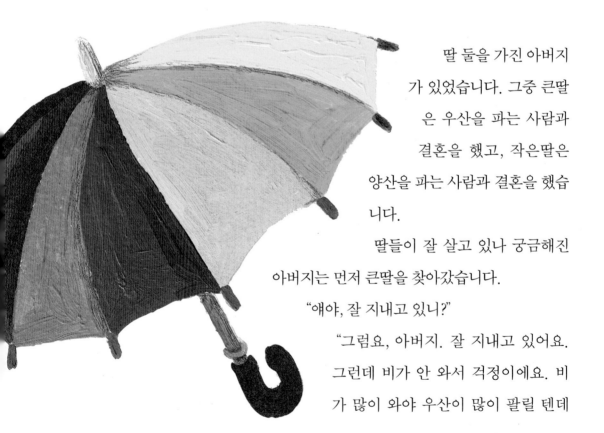

딸 둘을 가진 아버지가 있었습니다. 그중 큰딸은 우산을 파는 사람과 결혼을 했고, 작은딸은 양산을 파는 사람과 결혼을 했습니다.

딸들이 잘 살고 있나 궁금해진 아버지는 먼저 큰딸을 찾아갔습니다.

"애야, 잘 지내고 있니?"

"그럼요, 아버지. 잘 지내고 있어요. 그런데 비가 안 와서 걱정이에요. 비가 많이 와야 우산이 많이 팔릴 텐데 말이에요."

큰딸의 집을 떠나면서 아버지는 비가 많이 오게 해 달라고 기도해야겠다고 마음먹었습니다.

이윽고 작은딸의 집에 도착했습니다.

"얘야, 잘 지내고 있니?"

작은딸이 대답했습니다.

"네, 아버지. 잘 지내고 있어요. 그런데 햇빛이 쨍쨍 나지 않아서 걱정이에요. 그래야 양산이 잘 팔리거든요."

집으로 돌아온 아버지는 고민에 빠졌습니다.

"음. 비가 안 오면 큰딸이 걱정이고, 햇빛이 안 나면 작은딸이 걱정이군. 이를 어쩐다? 뭐라고 기도를 하지?"

아버지의 이야기를 들은 어머니가 말했습니다.

"걱정 말고 날씨는 그냥 하늘에 맡기세요. 비가 오면 우리 큰딸이 좋아하겠구나 하면 되고, 햇빛이 나면 우리 작은딸이 좋아하겠구나 하면 되지 않겠어요?"

걱정도 팔자다

하지 않아도 될 걱정을 하거나 관계도 없는 남의 일에 참견하는 사람에게 놀림조로 이르는 말이에요. 이 이야기에서 두 딸을 둔 아버지도 마찬가지예요. 생각을 바꾸면 반대로 계속 즐거워할 수도 있는데 말이에요. 그러니까 걱정과 기쁨도 때에 따라서는 생각하기 나름이에요.

22
금덩어리의 쓰임새

옛날에 지독한 구두쇠 한 명이 살고 있었습니다. 그는 아껴 모은 재산으로 커다란 금덩어리를 하나 샀습니다. 그는 그 금덩어리를 집 담벼락 아래에 묻어 두고는 매일 파 보며 흐뭇해했습니다.

구두쇠의 집에서 일하던 청년 한 사람이 이 사실을 알고 한밤중에 몰래 금덩어리를 파내서 도망가 버렸습니다. 금덩어리를 잃어버린 구두쇠는 큰 절망에 빠졌습니다. 그런 그에게 이웃 사람이 물었습니다.

"당신은 그 금덩어리로 무엇을 하려고 했습니까?"

구두쇠가 대답했습니다.

"매일 바라보며 즐거워하려고 했지요."

잠시 생각해 보던 이웃 사람이 말했습니다.

"그러면 이렇게 하시는 건 어떻습니까? 잃어버린 금덩어리만한 돌을 하나 구해서 금칠을 하는 거지요. 그리고 그것을 금덩어리가 있던 자리에 파묻은 다음 매일 한 번씩 꺼내 보면 되지 않겠습니까? 당신은 어차피 그 금덩어리로 무얼 사고 싶었던 것도 아니잖아요. 그러니 그걸 보면서 금덩어리라 생각하고 즐거워하면 변하는 게 없지 않나요?"

23
독수리와 화살

독수리 한 마리가 높은 곳에 앉아서 날카로운 눈으로 먹이를 찾고 있었습니다. 마침 지나가던 생쥐 한 마리가 눈에 띄었습니다.

"흠, 저 생쥐를 사냥해야겠군."

생쥐는 독수리가 자신을 노리고 있는 것을 알고는 겁에 질려 바들바들 떨었습니다.

독수리가 막 날아올라 생쥐를 낚아채려 할 때였습니다.

푹!

어디선가 날아온 화살이 독수리의 심장을 꿰뚫었습니다.

"잡았다!"

저만치서 화살을 날린 사냥꾼이 의기양양하게 일어섰습니다. 그 모습을 본 독수리가 죽어 가며 중얼거렸습니다.

"아아, 운명은 참 잔인하기도 하구나. 이렇게 죽어 가야 한다니……."

　그때 사냥꾼
덕에 목숨을 건
진 생쥐가 독수리에게 이렇게 말
했습니다.
　"넌 너 죽는 것만 억울하니? 사냥꾼이 아니었으면 넌 아무
렇지도 않게 날 죽였을 거잖아."

24
당나귀와 개

개 한 마리와 당나귀 한 마리를 기르는 남자가 있었습니다.

어느 날 저녁, 마구간에서 건초를 먹고 있던 당나귀는 갑자기 화가 났습니다.

"아니, 나는 주인을 위해서 무거운 짐도 나르고 농사일도 하는데 왜 이런 마구간에서 지내야 하는 거야? 꼬리 흔들고 짖는 것밖에 할 줄 모르는 개는 집 안에서 주인과 함께 편히 지내는데 말이야. 이건 공평하지 않아!"

당나귀는 마구간을 박차고 나갔습니다. 그러고는 집 안으로 뛰어 들어갔습니다.

'나도 개처럼 행동하면서 집 안에서 지낼 거야.'

당나귀는 평소 개가 하던 행동을 생각하며 혀를 내밀어 헥헥거려 보기도 하고, 히히힝 울어 보기도 했습니다. 또 꼬리를 마구 흔들며 주인의 뺨을 혀로 핥기도 했습니다. 주인은 기겁을 했지요. 덩치가 엄청나게 큰 당나귀가 집 안에서 날뛰는 바람에 가구들이 죄다 엎어지고 깨졌거든요. 게다가 커다란 혀로 얼굴에 침을 잔뜩

우화란 어떤 이야기일까?

『이솝 우화』에서 '우화'란 사람 이외의 동물이나 식물, 기타 사물을 인간화해서 그들을 주인공으로 내세운 이야기를 말해요. 인간이 아닌 것들이 인간과 똑같은 감정을 가지고 행동하는 모습을 보여 주며 그들이 만들어 내는 유머 속에서 교훈을 나타내는 것을 바로 우화라고 해요. 이렇게 우화로 만들어진 이야기 중에 전 세계에서 가장 유명한 것이 바로 『이솝 우화』예요.

묻혀 놓자 주인은 참지 못하고 몽둥이로 당나귀를 때려 내쫓았습니다.

"이 당나귀가 갑자기 왜 이래? 제정신이 아니구나! 내일 당장 시장에 나가 팔아 버려야겠어!"

주인은 당나귀가 미쳤다고 생각했습니다. 당나귀는 밧줄에 꽁꽁 묶여 마구간에 갇혔습니다. 저녁 늦게 개가 마구간으로 찾아와 한심하다는 듯이 말했습니다.

"쯧쯧. 당나귀가 어떻게 개 흉내를 낼 생각을 했니? 당나귀는 당나귀로서 할 일이 있는 거야. 네 할 일은 짐을 나르고 농사일을 돕는 거라고."

잔뜩 풀이 죽은 당나귀는 아무 대답도 하지 않았습니다.

25
친구와 적

아기 쥐가 처음으로 쥐구멍을 떠나 세상 구경을 다녀왔습니다.

"엄마, 엄마. 바깥세상에는 신기한 게 정말 많아요. 처음 보는 동물들도 많고요."

아기 쥐는 신이 나서 떠들었습니다.

"아, 한 동물은 정말 예쁘고 순하게 생겼어요. 동그란 눈에 긴 꼬리를 가졌더라고요. 털은 또 얼마나 부드러워 보였는지 몰라요. 친구가 되고 싶어서 다가가려고 했는데 웬 흉측하게 생긴 동물이 방해를 하지 뭐예요. 글쎄, 턱 밑에 빨간 고깃덩이같이 생긴 징그러운 것을 달고서 고개를 끄덕이며 다가오는 거예요. 정말 생각도 하기 싫을 정도로 무서웠어요!"

아기 쥐의 말을 듣고 난 엄마 쥐의 얼굴이 하얗게 질렸어요.

"아이고, 얘야! 정말 큰일 날 뻔했구나. 네가 예쁘다고 했던 그 동물은 고양이란다. 순식간에 우리 쥐들을 잡아먹는 아주 무서운 동물이야. 하지만 네가 흉측하다고 했던 그 동물은 안심해도 괜찮아. 닭은 우리에게 아무 해도 끼치지 않는단다."

엄마 쥐의 이야기를 듣고 아기 쥐는 가슴이 서늘해졌습니다.

"아아, 엄마. 친구와 적을 구별하는 건 너무 어려운 일인 것 같아요."

26
고양이와 닭

배가 고파 먹이를 찾아 어슬렁거리던 고양이가 마당에 있던 닭을 발견했습니다. 고양이가 덮치려 하자 닭은 다급하게 소리쳤습니다.

"잠깐만, 잠깐만! 내가 뭘 잘못했다고 잡아먹으려는 거야? 아무 이유도 없이 날 잡아먹으면 우리 주인이 가만있지 않을걸?"

잠깐 생각을 하던 고양이가 이렇게 말했습니다.

"넌 한밤중에 시끄럽게 울어 대서 사람들 잠을 깨우잖아. 그러니 내가 잡아먹겠어."

고양이가 덤비려 하자, 닭은 다시 급하게 소리쳤습니다.

"아니야. 난 한밤중에 울지 않아. 새벽에 울어서 사람들에게 아침을 알려준다고. 그러니 날 잡아먹어선 안 돼!"

옆에 있던 개가 그 모습을 보고 안됐다는 듯이 닭에게 말했습니다.

"쯧쯧, 지금 고양이에게는 무슨 말을 해도 소용이 없어. 어떤 변명을 해도 결국은 널 잡아먹고 말걸? 배고픈 고양이한테 무슨 변명이 통하겠니?"

그 말이 채 끝나기도 전에 고양이는 닭을 잡아먹어 버렸습니다.

27
소년과 쐐기풀

한 소년이 수풀에서 놀고 있었습니다.

"어, 저기 맛있어 보이는 열매가 있네. 따 먹어 봐야지."

열매 주변에는 쐐기풀이 잔뜩 있었습니다. 소년은 두려운 마음에 조심조심 손을 뻗었습니다.

"아얏!"

쐐기풀에 스친 소년의 손에는 빨갛게 피가 맺혔습니다. 소년은 울면서 어머니에게 달려갔습니다.

"저는 그저 쐐기풀에 살짝 손을 스쳤을 뿐이라고요."

소년은 다친 것이 이해가 안 된다는 듯이 말했습니다. 그러자 어머니는 부드럽게 웃으며 이렇게 말했습니다.

"얘야, 쐐기풀에 다치고 싶지 않다면 그것을 꼭 움켜쥐어야 하는 법이란다. 대충 스치니까 상처를 입는 거야."

28
지혜 없는 충동

당나귀를 아끼는 주인이 있었습니다. 그래서 늘 당나귀에게 올바른 충고를 해 주곤 했습니다. 하지만 당나귀는 주인에게 불만 섞인 목소리로 투덜거렸습니다.

"이제 나 혼자서도 얼마든지 길을 갈 수 있다고요."

"네 스스로 길을 나서려면 아직 조금 더 길을 익혀야 돼."

주인은 걱정스런 마음으로 충고했지만 당나귀는 들으려 하지 않았습니다.

'흥. 내가 언제까지 끌려 다닐 줄 알고! 나도 고집이 있다고. 내가 가고 싶은 길로 가고 말 거야.'

당나귀는 속으로 다짐했습니다. 그러고는 곧 기회를 보아 엉뚱한 길로 달리기 시작했습니다. 깜짝 놀란 주인이 놀라서 고삐를 잡아당겼습니다.

"당나귀야. 어디를 가려고 그래? 거기는 위험한 벼랑길이라고!"

"흥, 거짓말하지 마세요. 못 가게 하려고 거짓말하시는 거죠? 어림없다고요. 저는 제가 가고 싶은 데로 가고 말 거예요!"

당나귀는 네 다리에 힘을 잔뜩 주고 버텼습니다. 마침내 지친 주인은 고삐를 놓치고 말았습니다.

신이 난 당나귀는 곧장 앞으로 달려 나갔습니다. 주인은 안타까운 마음으로 당나귀가 달려간 곳을 바라보았습니다.

당나귀는 몇 발자국 가지 못하고 벼랑에서 떨어지고 말았습니다. 주인은 그 모습을 보며 중얼거렸습니다.

"자신을 아끼는 진심어린 충고를 구별할 줄 알아야지. 지혜 없는 충동이 결국 벼랑에서 떨어지게 하고 말았어."

29
어떤 남자의 정의감

바닷가에서 배 한 척이 사고로 가라앉고 있었습니다. 언덕 위에서 사람들이 허우적거리며 파도에 쓸려 나가는 것을 본 한 남자가 투덜거렸습니다.

"신은 참 정의롭지가 못해. 저 중에는 착한 사람도 있고 나쁜 사람도 있을 텐데, 한 번에 모조리 쓸어가 버리잖아?"

그때, 조그마한 개미 한 마리가 그의 발등을 물었습니다.

"아얏, 이 개미가 내 발등을 물었어!"

화가 난 남자는 지나가던 개미떼를 모조리 밟아 죽여 버렸습니다. 곁에 있던 사람이 그것을 보고 물었습니다.

"그중에 당신 발등을 문 개미는 한 마리밖에 없을 텐데 개미떼를 모조리 다 죽이다니, 방금 당신이 이야기하던 정의는 다 어디로 갔소?"

남자는 얼굴을 붉힌 채 도망치듯 그 자리를 떠나고 말았습니다.

30
사자와 모기

"아, 배고파. 누구 피라도 좀 먹었으면 좋겠다."

먹이를 찾아 한참을 날아다니던 모기는 잠을 자고 있는 사자를 발견했습니다.

"배가 고프긴 하지만 사자는 무서운데. 에이, 뭐 어때. 조심스럽게 움직이면 사자의 잠을 깨우지 않고 피를 빨아먹을 수 있을 거야."

모기는 조심조심 사자의 목덜미에 내려앉았습니다. 그리고 만족스럽게 배를 채우고 떠나려는 순간 사자가 잠에서 깨어났습니다.

"아이, 간지러워. 뭐야, 모기잖아!"

사자는 조그마한 모기 때문에 잠에서 깨어났다는 것이 몹시 불만스러웠습니다. 그래서 모기를 혼내 줄 심산으로 커다란 앞발을 휘둘렀습니다.

"아야!"

그러나 커다란 사자의 앞발은 모기를 혼내 주기는커녕 자신의 몸에 상처를 내고 말았습니다. 모기가 너무 작아서 때리기가 쉽지 않았던 것이었습니다. 이를 본 모기는 용기가 났습니다.

"어라? 나를 쉽게 때리지 못하잖아? 어디!"

모기는 조심스럽게 이번에는 사자의 배를 물었습니다.

"앗, 따끔해. 이놈의 모기 녀석, 내가 반드시 혼을 내 주고 말 테다!"

그러나 역시 사자의 큰 덩치로는 조그마한 모기를 잡기가 쉽지 않았습니다. 오히려 모기를 잡으러 휘두른 앞발에 사자 자신만 여기저기 다치고 말았지요. 이를 본 모기는 신이 나 크게 웃었습니다.

"하하하, 사자가 대단한 줄 알았더니 별 거 아니었잖아? 내가 사자를 이겼어, 하하하!"

흥분해서 이리저리 날던 모기는 그만 거미줄에 걸려 어이없이 죽고 말았습니다.

02
재치와
유머

01
진실

먹이를 배부르게 먹고 기분이 좋아진 늑대가 바닥에서 뒹굴거리고 있었습니다. 그러다 숲 속에 숨어서 자신의 눈치를 보고 있던 소년과 눈이 마주쳤습니다. 늑대는 이렇게 생각했습니다.

'나한테 잡아먹힐까 봐 무서운 모양이지? 배가 부르긴 하지만 저 애도 잡아먹을까? 일단 한번 가 보자.'

늑대는 겁에 질려 움직이지 못하고 있는 소년에게 다가갔습니다.

"이봐. 너 나한테 잡아먹힐까 봐 겁나지? 어디, 나한테 누구도 절대 거짓말이라고 할 수 없는 사실 세 가지만 말해 봐. 그러면 살려 주지."

배가 부른 늑대는 여유를 부렸습니다.

살려 주겠다는 말에 용기를 얻은 소년은 두려움을 누르고 이렇게 말했습니다.

"우선, 너와 마주쳐서 나는 지금 너무 겁이 나. 그리고 두 번째, 너한테 들키다니 나는 참 바보같아. 세 번째, 너한테 잡아먹히는 동물들은 너를 정말 싫어할 거야!"

소년의 말을 듣고 늑대는 잠시 곰곰이 생각했습니다.

"내 앞에서 동물들이 나를 싫어할 거라고 얘기하다니, 정말 용감하구나. 그리고 네가 한 말들도 모두 사실인 것 같군. 좋아, 약속대로 너를 살려 주지."

이렇게 해서 용기 있는 소년은 무사히 살아날 수 있었답니다.

호랑이한테 물려 가도 정신만 차리면 산다

아무리 위급한 경우를 당하더라도 정신만 똑똑히 차리면 위기를 벗어날 수가 있다는 것을 비유한 말이에요. 이 이야기에서 소년도 늑대를 만나 위급한 상황에 처했지만 늑대가 낸 문제를 침착하게 풀어내 위기에서 벗어났어요. 그러니까 아무리 위급한 경우를 당하더라도 쉽게 포기하지 말고 정신만 똑똑히 차리면 위기를 벗어날 수 있어요.

02
여우와 가면

울창한 숲 속에 호기심 많은 여우가 살고 있었습니다. 매일 숲 속만 돌아다니던 여우는 심심해졌습니다.

"아, 숲 속은 이제 너무 지겨워. 뭐 새로운 것 좀 없을까?"

그래서 여우는 숲을 벗어나 사람들이 사는 마을로 내려가 보기로 했습니다.

사람들의 눈을 피해 마을을 어슬렁거리던 여우는 마침 비어 있는 집을 발견했습니다.

"흠, 사람들은 어떻게 사나 한번 들어가 볼까?"

빈 집에 들어간 여우는 신기한 것을 발견했습니다.

"어, 이것 봐라? 웬 얼굴들이 이렇게 많지?"

그것은 얼굴에 쓰는 가면이었습니다. 여우가 들어간 집은 얼굴에 가면을 쓰고 연극을 하는 사람이 사는 곳이었던 것입니다.

여우는 가면에 가까이 다가가 요리조리 살펴보았습니다.

"어이구, 불쌍해라. 얼굴은 멀쩡한데 머리가 없잖아?"

여우는 혀를 끌끌 찼습니다. 여우는 자기가 가면에 대해 모른다는 생각은 조금도 하지 않았습니다.

우물 안 개구리

이 말은 세상에 자신만 잘난 줄 알지만 알고 보면 아는 것이 별로 없는 사람을 비꼬아 이르는 말이에요.
이 이야기 속의 여우는 자신이 호기심도 많고 지혜로운 줄 알고 있지만 결국 사람 얼굴에 쓰는 가면이 뭔지도 모르고 있는 '우물 안 개구리'인 셈이에요.

03
까마귀와 물 주전자

"아, 목 말라!"

까마귀는 물을 찾아 주변을 두리번거렸습니다.

그러다 마침 저만치에 놓인 물 주전자를 발견했습니다.

"아, 다행이다."

까마귀는 얼른 주전자로 다가갔습니다. 그런데 주전자 속의 물은 실망스럽게도 바닥에 조금밖에 없었습니다. 까마귀의 뾰족한 부리로는 아무리 애를 써도 바닥에 있는 물을 먹을 수 없었습니다. 까마귀는 울상이 되었습니다.

'어떻게 해야 물을 마실 수 있지?'

곰곰이 생각하던 까마귀의 머릿속에 좋은 생각이 떠올랐습니다.

"맞아, 바로 그거야!"

까마귀는 곧 주위에 널린 작은 돌멩이들을 주워 주전자 속에 집어넣기 시작했습니다. 그러자 물이 점점 위로 차올랐습니다.

마침내 부리에 물이 닿을 만큼 돌멩이를 집어넣은 까마귀는 시원하게 목을 축일 수 있었답니다.

까마귀가 검기로 마음도 검겠나

우리는 세상을 살아가면서 사람을 겉모양만 보고 평가하는 경우가 많아요. 하지만 사람은 겉모양보다도 내면에 가진 생각과 능력이 훨씬 중요해요. 이 속담은 사람의 겉모양이 허술하고 누추하여도 마음까지 악할 리는 없다는 뜻과 사람을 평가할 때 겉모양만 보고 평가해서는 안 된다는 뜻을 이르는 말이에요. 우리도 사람이나 친구를 판단할 때 그 사람의 내면을 더 중요하게 여겨야 해요.

04
거북과 집

신의 결혼을 축하하는 큰 잔치가 벌어졌습니다. 세상의 모든 동물들이 모여 신의 결혼을 축하했습니다. 신은 기분이 매우 좋았습니다.

"그런데 왜 거북의 모습이 보이질 않느냐?"

다른 동물들은 다 잔치에 참석했는데, 거북의 모습만 보이지 않자 신이 물었습니다. 그러자 황새가 대답했습니다.

"저, 제가 함께 가자고 했는데요, 거북은 그냥 집 안에 있는 게 좋다고 오지 않겠다고 했어요."

그 말을 들은 신은 거북이 너무나 괘씸했습니다.

"그래? 그렇게 집이 좋다면 평생 집 속에서 살라고 하여라!"

그날부터 거북은 평생 집을 가지고 다니게 되었답니다.

05
솔개의 잘못

병들어 죽어 가고 있는 솔개가 있었습니다.

"여보, 신들에게 기도해 보아요. 나 좀 살려 달라고 말이오."

솔개가 부인에게 말했습니다. 부인은 한숨을 쉬면서 말했습니다.

"여보, 안타깝지만 그건 힘들 것 같아요. 여태 신에게 바치는 공물을 훔쳐 먹은 우리인데, 신이 우리를 가엾게 여길 리가 없잖아요."

06
늙은 사자의 잔꾀

늙어서 더 이상 사냥을 할 수 없게 된 사자가 있었습니다.

"아아, 이대로 꼼짝없이 굶어 죽겠구나."

한참을 고민하던 사자는 꾀를 냈습니다.

사자는 자기가 늙고 병들어 굴 속에서 꼼짝도 못한다는 소문을 숲 속에 퍼뜨렸습니다. 그러자 그 무서운 사자가 병들어 누운 모습을 구경하려고 동물들이 하나둘씩 동굴을 찾아왔습니다.

"사자님, 사자님. 거기 계세요?"

가장 먼저 토끼가 찾아왔습니다. 사자는 대답도 하지 못하고 앓는 소리만 내었습니다.

"아이고, 죽겠네. 아이고, 아이고."

토끼는 사자의 모습을 자세히 보려고 굴 근처로 한 발 한 발 가까이 다가갔습니다. 사자는 토끼가 굴 속으로 발을 들여 놓자마자 한 입에 잡아먹어 버렸습니다.

"꺼억, 배부르다. 이렇게 하면 앞으로도 동굴 속에 누워서 배부르게 먹을 수 있겠구나. 하하하!"

사자는 기분 좋게 웃었습니다.

그러던 어느 날, 사자의 굴 앞으로 여우가 찾아왔습니다.

"거기 밖에 누구냐?"

사자는 일부러 다 죽어 가는 목소리를 흉내 내어 말했습니다.

"저, 여우예요."

숲 속에서 가장 영리하다는 여우였어요.

"왜 거기 서 있느냐. 나는 힘이 없어 꼼짝도 하지 못한단다. 그러니 이리 가까이 오렴."

"그런데 사자님. 굴 속으로 걸어 들어간 동물들의 발자국은 많은데, 걸어 나온 발자국은 하나도 보이지 않네요? 그 많은 동물들은 다 어디로 갔을까요? 설마 사자님 배 속에 있는 건 아니겠죠?"

여우는 그대로 등을 돌려 멀리멀리 달아나 버렸답니다.

07
여우와 수탉

　　새벽이 밝았습니다. 수탉 한 마리가 높은 곳에 올라 앉아 우렁차게 울었습니다.

　　"꼬끼오!"

　　마침 배가 고파 헤매던 여우 한 마리가 그 소리를 들었습니다.

　　"옳지! 저 수탉을 잡아먹어야겠다."

　　여우는 수탉이 있는 곳으로 다가갔습니다. 그런데 수탉은 여우가 올라갈 수 없는 높은 곳에 앉아 있었습니다.

　　'저 수탉이 땅으로 내려오게 해야 잡아먹을 수 있을 텐데…….'

　　잠시 생각하던 여우는 점잖은 목소리로 수탉을 불렀습니다.

　　"친구, 왜 그렇게 높은 곳에 올라가 있나? 아, 아직 소식을 듣지 못했나 보군. 이제 우리 동물들은 서로서로를 잡아먹지 않기로 약속을 했다네. 그러니 자네도 이리 내려와서 이 기쁜 소식을 나와 함께 다른 동물들에게 전하러 다니세."

그러나 영리한 수탉은 여우의 잔꾀를 알아챘습니다. 그래서 짐짓 고개를 들고 먼 곳을 보는 척했지요.

"아, 그래요? 그럼 저기 오고 있는 저 사냥개들도 그 기쁜 소식을 들은 모양이군요."

"뭐! 사냥개?"

여우는 깜짝 놀랐습니다.

"친구, 우리 다음에 얘기하세. 내가 지금 급한 일이 생각나서……."

그러고는 부리나케 도망가기 시작했습니다. 그런 여우에게 수탉이 말했습니다.

"어이, 친구. 어딜 그렇게 급히 가시나? 나도 내려갈 테니 우리 사냥개와 함께 기쁜 소식을 나누도록 하지."

달아나던 여우가 급히 말했습니다.

"그게 말이야, 아직 그 소식이 모든 동물들에게 전해진 것은 아니라서……."

여우의 변명에 수탉은 배꼽이 빠지게 웃었습니다.

08
사랑에 눈먼 사자

어떤 사자가 나무꾼의 딸을 보고
한눈에 반했습니다. 사자는 나무꾼을
찾아가 딸과 결혼하게 해 달라고 졸랐습니다.
나무꾼은 기겁을 하고 놀라 거절을 했지요. 이
에 화가 난 사자는 부탁을 들어주지 않으면 잡
아먹어 버리겠다고 나무꾼을 협박했습니다.

고민하던 나무꾼은 좋은 꾀를 냈습니다.
"진정하십시오, 사자님. 사자님이 싫어
서가 아니랍니다. 하지만 보십시오. 사자
님의 이빨과 발톱은 너무나 무섭지 않습니
까? 그 이빨과 발톱만 아니라면 저도, 제 딸도 사자
님의 청혼을 거절하지 않을 것이랍니다."

사랑에 눈이 먼 사자는 앞뒤 생각도 하지 않고 냉큼 이빨을 뽑고 발톱을 깎았습니다.

"이봐, 이제 됐지?"

사자는 기대에 차서 나무꾼에게 말했습니다. 나무꾼은 그런 사자를 찬찬히 살펴보았습니다. 과연 사자에게는 무서운 이빨도, 사나운 발톱도 없었습니다. 그렇다면 이제 사자는 더 이상 두려운 존재가 아니었지요. 바로 몽둥이를 집어 든 나무꾼은 사자를 실컷 두들겨 패서 내쫓아 버렸답니다.

원숭이도 나무에서 떨어질 때 있다

아무리 모든 일에 익숙하고 잘하는 사람이라도 간혹 실수할 때가 있다는 뜻이에요. 혹은 제힘만 믿고 너무 설치다가 큰일을 당할 때 쓰는 말이기도 해요. 결국 사자는 제힘만 믿고 상대를 너무 우습게 보다가 보기 좋게 사람의 꾀에 당하고 말았어요.

09
소문

옛날 어떤 곳에 커다란 산이 있었습니다. 어느 날부터인가 그 산봉우리 쪽에서 달그락거리는 소리가 들리기 시작했습니다. 무슨 소리인지 궁금해진 사람들이 산 아래로 모여 들었습니다.

"화산이 폭발하려는 걸까?"

"아니야, 신이 화를 내는 걸 수도 있어."

사람들이 이것저것 의견을 내놓는 사이 시간은 계속 흘렀습니다. 그러는 동안에도 소리는 계속 들려왔지요.

"산 밑에 거인이 깔려 있어서 꿈틀대는 거야."

"세상이 망하려는 징조는 아닐까?"

산에서 나는 소리에 대한 소문은 걷잡을 수 없이 부풀었고, 사람들은 점점 더 불안감에 휩싸여 갔습니다.

그러던 어느 날이었습니다.

우르르르, 쿵!

요란한 소리를 내며 산 한쪽이 무너지더니 그 속에서 먼지를 뒤집어 쓴 쥐 한 마리가 고개를 내밀었습니다.

"아휴, 굴 하나 뚫기가 왜 이렇게 힘든 거야?"

모여 들었던 사람들은 맥이 탁 풀린 채 흩어졌습니다.

10
사자의 계산법

사자와 여우와 당나귀가 사냥을 나갔습니다. 셋은 커다란 멧돼지 한 마리를 잡았습니다.

"자, 이제 공평하게 고기를 셋으로 나누어 보아라."

사자가 당나귀에게 말했습니다. 당나귀는 고기를 똑같은 크기로 나누어서 그중 한 조각을 사자에게 내밀었습니다. 사자는 크게 화를 내면서 당나귀를 물어 죽여 버렸습니다.

"이번에는 네가 나누어 보아라."

사자가 여우에게 말했습니다. 눈치 빠른 여우는 뒷다리 한쪽과 꼬리만 제 몫으로 챙기고 나머지는 모두 사자에게 내밀었습니다.

"어째서 이렇게 나누었느냐?"

사자가 물었습니다.

"당나귀는 망을 보았을 뿐이고 저는 몰이를 하였을 뿐입니다. 실제로

힘을 써서 사냥감을 쓰러뜨린 것은 사자
님이니, 이것이 공평하지요."

사자는 기분 좋게 웃었습니다. 여우는
그제야 가슴을 쓸어내렸답니다.

제 논에 물대기

가끔 사람들 중에는 터무니없이 무조
건 자기에게만 이롭도록 모든 일을 처
리하는 경우가 있어요. '제 논에 물대
기'는 바로 자기에게만 이롭도록 일을
하는 경우를 비유적으로 이르는 말로
여기 나오는 사자가 꼭 이런 경우에 해
당되어요. 이러한 '제 논에 물대기'와
같은 뜻을 지닌 사자성어로는 '아전인
수'가 있어요.

11

늑대와 염소

배고픈 늑대가 들판을 어슬렁거리고 있었습니다. 그때였습니다.

"메에에. 아, 맛있다. 냠냠."

어디선가 염소의 목소리가 들려왔습니다. 고개를 돌려 보니 저 험한 바위산 위에서 염소 한 마리가 풀을 뜯고 있는 게 아니겠어요?

'옳지, 잘됐다. 저 염소를 잡아먹으면 되겠어. 그런데 염소를 어떻게 저 위에서 내려오게 만들지?

곰곰이 생각 하던 늑대는 다 정한 목소리로 염소를 불렀습니다.

"염소야, 왜 그렇게 위험한 곳에 있니? 이리 내려오렴. 여기는 안전하고 맛있는 풀도 굉장히 많단다."

염소는 코웃음을 쳤습니다.

"늑대야, 네가 관심 있는 게 내가 맛있는 풀을 먹는 거니, 아니면 네가 날 잡아먹는 거니?"

영리한 염소는 늑대의 속셈을 눈치채고 있었답니다.

12

곰과 여우

어느 날, 곰이 여우 앞에서 자신이 얼마나 성격이 좋은
지를 자랑하고 있었습니다.

"나는 사람들을 정말 좋아해. 그래서 죽
은 사람은 절대 겁주지도 않고 거칠게 다루
지도 않아."

여우가 한심하다는 듯이 말했습니다.

"이미 죽은 사람들은 얼마든지 겁주거나 거칠게
다뤄도 괜찮아. 그러니 산 사람들이나 죽은 사람으
로 만들지 마."

곰은 할 말이 없어졌습니다.

13
꿀벌과 신

꿀벌이 막 딴 신선한 꿀을 가지고 신을 찾아갔습니다.

"오, 정말 좋은 꿀이로구나. 고맙다."

신은 진심으로 기뻐하면서 벌에게 상을 줄 테니 원하는 것을 말해 보라고 하였습니다.

"그렇다면 한 가지 원하는 것이 있습니다. 저는 제가 힘들게 모아 놓은 꿀을 훔쳐 가는 인간들이 너무나 싫습니다. 그들을 혼내 줄 수 있도록 제게 강한 독침을 주십시오."

신은 자기 것을 나눌 줄 모르는 벌이 괘씸하게 여겨졌습니다. 그래서 이렇게 말했습니다.

"그래 좋다, 너의 소원을 들어주마. 그러나 너는 그 독침을 쏘는 순간 목숨을 잃게 될 테니 신중하게 사용하도록 하여라."

14
부적을 파는 남자

한 남자가 시장에서 큰 소리로 부적을 팔고 있었습니다.

"부적 팝니다! 틀림없이 행운을 가져다주는 아주 신기한 부적이지요!"

호기심이 생긴 사람들이 남자의 주변에 모여들었습니다. 그중 한 사람이 남자에게 물었습니다.

"그렇게 좋은 부적이라면 왜 당신이 갖지 않고 남에게 파나요?"

남자가 웃으며 이렇게 대답했습니다.

"아, 그건 말이죠. 이 부적이 행운을 가져다주는 건 분명한데 시간이 좀 오래 걸리거든요. 저는 지금 당장 돈이 필요하고요."

15
할머니의 눈병

눈병에 걸려 앞이 잘 보이지 않게 된 할머니가 있었습니다. 할머니는 자신의 집으로 와 눈을 치료해 주는 의사에게 말했습니다.

"내 눈을 고쳐 준다면 치료비를 아주 후하게 내겠습니다. 하지만 고치지 못한다면 한 푼도 낼 수 없어요."

의사는 자신 있게 말했습니다.

"걱정하지 마세요. 제가 한 달만 와서 계속 치료를 한다면 할머니의 눈은 틀림없이 나을 테니까요."

의사는 한 달 동안 매일 와서 할머니의 눈을 치료했습니다. 그러나 욕심 많은 의사는 할머니의 집에 올 때마다 물건들을 훔쳤답니다.

'눈도 아직 안 보이는데 뭐가 없어졌는지 어떻게 알겠어?'

드디어 의사가 약속한 한 달이 되었습니다. 의사는 할머니의 눈에 감긴 붕대를 풀며 말했습니다.

"자, 할머니. 이제 눈을 떠 보세요. 틀림없이 보이실 것입니다."

그러나 할머니는 단호하게 고개를 저었습니다.

"아니오, 나는 아무것도 보이지 않습니다. 그러니 치료비는 한 푼도 줄 수가 없어요!"

화가 난 의사는 할머니를 상대로 재판을 벌였습니다.

의사는 판사 앞에서 억울하다고 호소했습니다.

"판사님, 저 할머니는 눈이 보이는 게 틀림이 없습니다. 치료비를 주기 싫어서 안 보이는 척하는 것뿐이라고요."

판사는 할머니에게 물었습니다.

"할머니, 의사의 말이 사실입니까?"

할머니가 대답했습니다.

"네, 앞이 보이는 것은 사실입니다. 그러나 제대로 보이지 않으니 치료비를 줄 수 없습니다."

의사는 할머니에게 따졌습니다.

"아니, 제대로 보이지 않다니요!"

그러자 할머니가 의사를 보며 말했습니다.

"내 눈이 제대로라면, 당신이 드나들기 전에 우리 집에 있던 값비싼 가구와 물건들이 어째서 지금은 하나도 보이지가 않소?"

16
엄마 게의 충고

자꾸만 옆으로 걷는 아들 게를 바라보던 엄마 게가 고개를 저으며 말했습니다.

"얘야, 그게 아니라고 했잖니. 앞을 보고 똑바로 걸어야지. 너는 지금 옆으로 걷고 있잖아."

아들 게가 울상을 하고 말했습니다.

"저는 앞으로 걷고 싶은데 저도 모르게 자꾸만 옆으로 걷게 돼요."

엄마 게가 한숨을 쉬며 말했습니다.

"자, 잘 보렴. 엄마처럼

이렇게 앞으로 걷는 거야. 이렇게, 이렇게⋯⋯."

그 모습을 지켜보던 아들 게가 소리쳤습니다.

"어, 이상하다? 엄마도 지금 옆으로 걷고 있는데요?"

자신의 걸음걸이를 살펴본 엄마 게는 얼굴이 빨개진 채 아들 게에게
말했습니다.

"아, 애야. 우리는 옆으로 걷는 게 똑바로 걷는 거였구나."

17
물에 빠진 소년

강에서 목욕을 하던 한 소년이 물에 빠졌습니다. 소년은 허우적거리며 살려 달라고 외쳤습니다.

"살려 주세요! 누가 저 좀 구해 주세요!"

그 소리를 듣고 지나가던 사람이 강가로 왔습니다.

"아이고, 어쩌다 강물에 빠졌니?"

남자는 소년에게 물었습니다. 소년은 허우적거리며 간신히 대답했습니다.

"모, 목욕을 하다가요."

남자는 조심성 없는 소년을 나무랐습니다.

"저런, 조심하지 그랬니?"

숨이 막혀 죽을 것 같아 소년이 소리쳤습니다.

"저기요, 저를 먼저 꺼내 주시고 야단을 치시면 안 될까요?"

18
종달새와 농부

종달새 한 마리가 곡식 밭에 둥지를 틀고 새끼들을 낳아 기르고 있었습니다. 가을이 되고 곡식들이 누렇게 익어갈 무렵 농부가 들판에서 중얼거렸습니다.

"아, 추수할 때가 다 되었군. 이웃에게 좀 거들어 달래서 얼른 추수를 해야겠어."

그 말을 들은 아기 종달새들은 깜짝 놀랐습니다.

"엄마, 우리 빨리 이사 가야겠어요."

그러나 엄마 종달새는 웃으면서 말했습니다.

"걱정하지 마라, 얘들아. 아직은 괜찮단다."

며칠이 지났습니다. 농부가 또다시 들판에 서서 말했습니다.

"내일은 일꾼을 고용해서라도 추수를 해야지."

아기 종달새들은 이번에야말로 이사를 가야 한다고 아우성이었습니다. 하지만 엄마 종달새는 여전히 여유를 부렸습니다.

"글쎄, 아직은 괜찮다니까."

또 며칠이 지났습니다.

"이런, 정말 안 되겠군. 내일은 혼자서라도 추수를 해야겠어."

그 말을 들은 엄마 종달새는 비로소 이사 준비를 시작했습니다. 아기 종달새들은 궁금해졌습니다.

"엄마, 이번에는 이사를 가요?"

엄마 종달새가 대답했습니다.

"응. 이제 이사를 가야 해. 사람이 남의 손을 빌리려 할 때는 일을 차일피일 미루게 되지만, 자기 손으로 직접 일을 하려고 마음먹었을 때는 그렇지가 않거든."

19
좋은 당나귀를 고르는 법

시장에서 당나귀를 팔고 있는 남자가 있었습니다.

"자, 당나귀 사세요. 튼튼하고 부지런한 당나귀랍니다!"

그러자 한 농부가 남자에게 다가왔습니다.

"제가 잠깐 이 당나귀를 시험해 보고 사도 되겠습니까?"

남자는 흔쾌히 허락했습니다. 농부는 당나귀를 끌고 자신의 집 마구간으로 갔습니다. 그러고는 당나귀를 마구간에 풀어 놓고 가만히 지켜보았습니다. 당나귀는 구석에 있는 한 당나귀의 옆으로 가서 풀썩 주저앉아 쉬었습니다. 가만히 고개를 저은 농부는 당나귀를 다시 남자에게 끌고 갔습니다.

"죄송하지만, 이 당나귀는 안 되겠습니다."

남자가 이상해하며 물었습니다.

"도대체 무슨 시험을 해 보셨기에 그러십니까?"

농부가 대답했습니다.

"우리 집 마구간으로 데려가서 어떤 당나귀랑 어울리는지 살펴보았지요. 그랬더니 가장 게으르고 말 안 듣는 녀석의 옆으로 가 앉는 것이 아니겠습니까. 그런 녀석을 친구로 삼다니, 이 당나귀도 보나마나 게으르고 말을 안 들을 것이 뻔합니다."

20
여우와 고슴도치

사자에게 쫓기던 여우는 온몸에 힘이 빠져 강물
에 빠지고 말았습니다. 겨우겨우 강 위로 올라와
쓰러지듯 누워 있었습니다. 온몸이 상처투
성이였고 움직일 힘이라곤 조금도 남아
있지 않았습니다. 그러자 모기떼가 날아
와 힘없는 여우의 피를 빨아 먹기 시작했
습니다. 하지만 여우는 모기를 쫓을 힘마
저 없었답니다.

그때 지나가던 고슴도치가 여우를 보고 말
했습니다.

"여우야, 내가 모기를 쫓아 줄까?"

여우는 힘없는 팔을 흔들며 고슴도치를 말렸습

고슴도치도 제 새끼는 함함하다고 한다

'함함하다'는 말은 털이 보드랍고 반질반질하다는 뜻이에요. 이 속담은 털이 바늘같이 꼿꼿한 고슴도치도 제 새끼의 털이 부드럽다고 편을 든다는 뜻으로, 자기 자식의 나쁜 점은 보지 않는 것을 말해요. 도리어 자식의 나쁜 점마저 자랑으로 삼는다는 말로 이 세상의 부모들이 모두 새겨들어야 하는 말이에요.

니다.

"안 돼, 그냥 둬."

고슴도치는 이해할 수 없었습니다.

"아니, 도대체 왜 그러는 거야?"

그러자 여우가 힘없이 대답했습니다.

"지금 모기들은 나한테서 충분히 피를 빨아 먹어서 배가 부르단 말이야. 그런데 이 모기들을 쫓아 버리면 배고픈 다른 모기떼들이 달려들어 내 피를 몽땅 빨아 먹어 버리고 말 거야."

21
말과 사육사

말을 좋아하는 사육사가 있었습니다. 늘 정성껏 말의 털을
빗질하고 다듬는데 힘을 쏟았습니다. 하지만 그는
주인 몰래 말의 먹이 살 돈을 챙겨서는 자신이
필요한 곳에 쓰곤 했답니다. 통실통실하던
말은 점점 말라 갔습니다.

배고픔을 참다 못한 말이 사육사에게
항의했습니다.

"정말 당신이 나를 생각한다면
빗질은 그만두고 먹이를 더 달란
말이오!"

22
사냥꾼과 사자

　사냥꾼이 언덕에 올라 활 솜씨를 자랑이라도 하듯 동물들을 향해 화살을 쏘기 시작했습니다. 그러자 동물들은 너도나도 남은 힘을 다해 도망쳤습니다. 그런데 사자는 도망치지 않고 사냥꾼에게 도전장을 내밀었습니다.

　사냥꾼은 그 도전장을 보고는 껄껄 웃으며 사자를 향해 화살을 쏘았습니다. 휙 하고 날아든 화살은 사자의 팔에 꽂혔습니다.

　화살이 사자의 팔을 맞춘 것을 본 사냥꾼이 큰 소리로 말했습니다.

　"어이, 사자. 내 심부름꾼을 먼저 보냈는데 어때. 이제 내가 갈 테니 거기서 기다려."

　그러자 사자는 아픈 몸을 이끌고 뒤도 돌아보지 않고 도망쳤습니다. 그러자 그 모습을 보던 여우가 비아냥거렸습니다.

　"이봐, 사자. 왜 맞서 싸우지 않고 도망쳐? 겁쟁이처럼."

그러자 사자는 고개를 저으며 대답했습니다.

"안 되겠네. 심부름꾼이 이 정도인데 저 사람은 어떻겠나. 도저히 내가 상대할 만한 사람이 아닐세."

황소 뒷걸음치다가 쥐 잡는다

황소는 쥐에 비하면 덩치가 크고 엄청 느린 동물이에요. 그런데 이런 황소에게 재빠르고 날랜 쥐가 밟혀 죽는 수가 생기는 것은 보통 운이 좋지 않고는 생기기 힘든 일이에요. 이 속담은 의도하지는 않았지만 우연히 운이 좋아서 어떤 좋은 결과를 가져온 경우를 일컬어요.

23
네 주인이 더 무서워

개 한 마리가 늑대를 쫓고 있었습니다. 도망치는 늑대를 보며 개는 우쭐대기 시작했습니다.

"내 다리가 얼마나 멋진가 말이야. 빠르고 튼튼하고, 또 늑대를 쫓는 내 모습은 얼마나 당당하고 늠름한가 말이야."

그러고는 늑대를 동정하기 시작했습니다.

"저 늑대는 정말 불쌍해. 나랑 상대도 안 되는 것을 알고 저렇게 꼬리가 빠지게 도망가야 하잖아."

그러자 늑대가 뒤를 돌아보며 외쳤답니다.

"이봐, 착각하지 마. 내가 도망을 가는 건 네가 무서워서가 아니야. 내가 정말 무서워하는 건 네 주인이란 말이야!"

24
개구리의 불평

해가 아내를 맞을 준비를 하고 있었습니다. 이 소식을 들은 개구리들은 하늘을 향해 불평을 늘어 놓기 시작했습니다.

"개굴개굴, 해의 결혼을 막아 주세요. 개굴개굴."

개구리들이 하도 시끄럽게 불평해 대자 하느님은 그 이유를 물었습니다.

"무엇 때문에 해의 결혼을 반대하느냐?"

그러자 개구리들이 대답했습니다.

"해는 혼자 있어도 우리를 못살게 굴

어요. 햇볕을 내리쬐어서 우리가 있는 늪을 다 말려 버리곤 하는데, 만약 해가 결혼을 해서 또다른 해를 낳으면 저희는 어떻게 되겠습니까?"

그러자 하느님이 혀를 차며 말했습니다.

"그러면 해가 없으면 어떻게 될지 먼저 한번 상상해 보는 것은 어떻겠느냐?"

개구리들은 한동안 말이 없었답니다.

25
당나귀와 늙은 농부

당나귀와 늙은 농부가 있었습니다.

당나귀는 늘 무거운 짐을 지고 농부의 일을 도왔습니다. 그날도 무거운 짐을 지고 농부의 일손을 돕고 있었습니다.

그런데 그때 갑자기 도적들이 나타났습니다. 그러자 농부가 당나귀에게 속삭였습니다.

"당나귀야, 얼른 도망가야 해. 그렇지 않으면 우리 둘 다 도적들에게 잡히고 말 거야."

그런데 당나귀는 귀찮은 듯 도망갈 생각을 하지 않았습니다.

다급해진 농부가 말했습니다.

"당나귀야, 도대체 뭘 하는 거야. 이러다 진짜 잡히고 말겠어."

당나귀는 그래도 심드렁하게 말했습니다.

"제가 잡힌다고 한들 지금과 뭐가 다를까요?"

"뭐라고?"

"제가 잡히면 저 사람들이 저한테 더 무거운 짐을 지울까요?"

"그건 잘 모르겠는데."

"그런데 제가 왜 도망을 가야 하죠? 저 사람들한테 잡혀도 저는 더 나빠질 게 없는 것 같은데요. 농부님 혼자 도망가시죠."

26
모기와 황소

옛날에 세상에서 자신이 제일 잘난 줄 아는 모기가 살고 있었습니다.

어느 날, 날아다니다 지친 모기는 황소의 등에 내려 앉아 쉬었습니다. 그러고는 황소에게 미안해하며 말했습니다.

"미안해, 황소야. 내가 좀 무겁지?"

그러자 황소가 이렇게 대답했습니다.

"응? 너 언제부터 거기 있었어?"

모기가 너무 가벼운 나머지 황소는 모기가 등에 앉은 것도 모르고 있었던 것입니다.

무안해진 모기는 얼굴을 붉히며 도망치듯 날아가 버렸습니다.

27
사람의 일생

사나운 바람이 부는 몹시 추운 날이었습니다. 말과 소와 개가 추위를 피해 사람을 찾아갔습니다. 이들을 불쌍하게 생각한 사람은 기꺼이 따뜻한 잠자리와 먹을 것을 제공해 주었습니다. 사람의 친절에 감동한 동물들은 은혜를 갚기로 했습니다.

말이 먼저 말했습니다.

"나는 사람의 어린 시절을 도와주겠어."

그래서 사람들은 어린 시절에는 말처럼 고집이 세고 충동적인 모습을 자주 보이게 되었습니다.

소가 말했습니다.

"그래? 그러면 나는 어른 시절을 맡겠어."

그래서 사람들은 어른이 되면 소처럼 부지런히 일을 하면서 앞날을 대비하게 되었습니다.

마지막으로 개가 말했습니다.

"그렇다면 나는 사람들이 나이 든 후를 맡기로 하지."

그래서 사람들은 나이가 들면 개처럼 사람들의 관심과 사랑을 바라게 되고, 편안하고 따뜻한 것을 좋아하게 되었답니다.

28
당나귀와 늑대

당나귀 한 마리가 정신없이 풀을 뜯어 먹고 있었습니다.

"냠냠, 이렇게 맛난 풀은 정말 오랜만이야."

그러다 문득, 당나귀는 이상한 기분이 들었습니다.

조심스럽게 주변을 살펴보니 늑대 한 마리가 풀숲에 숨어 자신을 노리고 있는 게 아니겠어요?

'아차, 내가 풀을 먹느라 정신을 놓고 있었구나.'

풀숲에서 서서히 모습을 드러내는 늑대를 보자, 당나귀는 갑자기 다리를 절뚝이기 시작했습니다.

"아야야, 발바닥에 가시가 박혔나 보네! 거기 늑대님, 이리 와서 제 가시 좀 뽑아 주세요."

늑대가 대답했습니다.

"내가 왜 그래야 하지? 나는 어차피 널 잡아먹을 텐데."

당나귀가 한숨을 쉬며 말했습니다.

"뭐 죽을 때 죽더라도 지금 당장은 안 아프고 싶다고요. 그리고 이대로 저를 잡아먹게 되면 늑대님 목에도 가시가 걸릴 걸요."

가만히 생각해 보던 늑대는 당나귀의 말이 옳다고 생각했는지 고개를 끄덕이며 다가왔습니다.

"어디에 가시가 박혔다는 거야?"

늑대는 가시 박힌 곳을 살피기 위해 당나귀의 다리 쪽으로 고개를 숙였습니다.

고양이 쥐 생각한다

'고양이 쥐 생각한다'는 속으로는 해칠 마음을 품고 있으면서, 겉으로는 생각해 주는 척하는 것을 이르는 말이에요. 늑대는 당나귀를 잡아먹을 생각으로 못이기는 척 부탁을 들어주다가 봉변을 당했어요. 당나귀는 오히려 그것을 알아차리고 기지를 발휘해 위기에서 벗어났어요. 그러니까 여러분도 고양이 쥐 생각해 주는 척하는 사람을 늘 조심해야 해요.

그러자 당나귀는 온 힘을 다해 늑대를 걷어차 버렸습니다. 그리고는 늑대가 뒤로 벌렁 자빠진 틈을 타 죽을힘을 다해 달아났습니다.

늑대는 아픈 턱을 어루만지며 툴툴거렸습니다.

"그러면 그렇지. 당나귀가 왜 내 생각을 해 주겠어!"

29
귀뚜라미와 딱따구리

딱따구리 한 마리가 나무에 구멍을 뚫고 살고 있었습니다.

그런데 어느 날부터 귀뚜라미 한 마리가 나무 구멍 옆에서 매일 밤 울어 대기 시작했습니다.

견디다 못한 딱따구리가 귀뚜라미에게 점잖게 부탁했습니다.

"귀뚜라미야, 제발 다른 데 가서 울면 안 되겠니? 너무 시끄러워서 잠을 잘 수가 없어."

그러나 귀뚜라미는 아랑곳하지 않았습니다.

"싫은데? 난 여기가 좋아."

딱따구리는 자기 생각만 하는 귀뚜라미가 얄미웠습니다.

'내가 점잖게 부탁했는데도 거절했다 이거지? 두고 보자!'

딱따구리는 상냥한 목소리로 귀뚜라미의 노랫소리를 칭찬했습니다.

"듣다 보니 네 노랫소리는 정말로 멋지구나. 너무 황홀해서 잠이 다

안 올 지경이야."

딱따구리의 칭찬에 귀뚜라미는 기분이 으쓱해졌습니다.

"에헴. 내가 노래를 좀 잘하기는 하지."

딱따구리는 이때다 싶어 귀뚜라미를 꾀었습니다.

"노래하다 보면 목마르지 않니? 여기 내가 모아둔 이슬이 좀 있는데 마셔 봐. 고운 목소리를 내는 데 도움이 될 거야."

딱따구리는 귀뚜라미를 자신의 나무 구멍 속으로 초대했습니다.

"그래! 그럼 좀 마셔 볼까?"

딱따구리는 나무 구멍 속에 들어온 귀뚜라미를 냉큼 잡아먹어 버렸습니다.

30
여우와 까마귀

배가 몹시 고픈 여우 한 마리가 숲 속을 헤매고 있었습니다. 그때, 치즈 한 조각을 입에 물고 나뭇가지 위에 앉아 있는 까마귀가 보였습니다.

'흐음, 저것 좀 보아. 맛있겠는걸. 뺏어먹고 싶은데 어떻게 하면 좋을까!'

여우는 요리조리 머리를 굴렸습니다.

'아하!'

마침내 꾀가 떠오른 여우가 까마귀에게 말했습니다.

"까마귀야, 윤기 흐르는 네 깃털이 너무 멋지구나. 새들의 왕을 뽑는다면 당연히 네가 되어야겠어!"

여우의 칭찬을 듣고 까마귀는 우쭐해졌습니다.

"그렇게 아름다운 깃털을 가졌으니 목소리도 당연히 아름답겠지? 목소리까지 아름답다면 너는 정말 새들의 왕이야!"

여우의 부추김에 기고만장한 까마귀는 소리 높여 울었습니다.

"까악까악!"

그 바람에 입에 물고 있던 치즈는 바닥으로 툭 떨어졌지요. 물론 여우는 그것을 날름 낚아챘답니다.

"하하하, 그런데 까마귀야. 너는 깃털도 아름답고 목소리도 좋지만, 지혜가 부족하구나. 쯧쯧, 머리까지 좋았다면 정말 새들의 왕이 되었을지도 모르는데……."

속은 것을 알고 분해 씩씩거리는 까마귀를 두고 여우는 유유히 숲 속으로 사라졌습니다.

믿는 도끼에 발등 찍힌다

치즈가 먹고 싶어서 자신에게 거짓 칭찬을 한 여우에게 깜빡 속아 노래를 부르다 그만 까마귀는 입에 물고 있던 치즈를 놓치고 말아요. 남의 말을 너무 쉽게 믿고 우쭐했던 까마귀는 그만 아까운 치즈만 여우에게 빼앗기고 말았어요. 한마디로 믿는 도끼에 발등 찍힌 거예요. 그러니까 이 속담은 잘되리라고 믿고 있던 일이 어긋나거나 믿고 있던 사람이 배반하여 오히려 해를 입는 경우에 이르는 말이에요.

03
가치와
품성

01
사자와 쥐

조그마한 생쥐가 숲 속에서 잠을 자고 있는 사자를 발견했습니다. 늘 무섭기만 하던 사자가 조용히 잠들어 있는 모습이 정말로 신기했지요.

생쥐는 조심조심 사자를 살펴보았습니다. 꼬리를 만져 보기도 하고 수염에 손을 살짝 대 보기도 했습니다. 그러다가 용기가 생긴 생쥐는 겁도 없이 사자의 등에 살그머니 올라가 보았답니다.

"히야, 높기도 하네. 내가 사자의 등에 다 올라타 보다니……."

그때였습니다. 사자는 등이 간질간질해서 잠이 깨고 말았습니다. 사자는 자

신의 등에 올라탄 생쥐의 모습에 어이가
없었습니다. 사자와 눈이 마주친 생쥐는
너무 놀라 얼어붙었습니다.

"사, 사자님, 죄, 죄송합⋯⋯."

사자는 앞발로 생쥐를 잡아채 땅 위에
내리 눌렀습니다.

"감히 네가 나의 잠을 깨웠겠다? 오늘
간식은 생쥐로 해 볼까!"

생쥐는 두 손을 모아 간절하게 빌었습
니다.

짐승도 은혜를 안다

사자의 이해심으로 죽을 고비에서 살
아난 쥐는 덫에 빠진 사자를 구해 주
면서 은혜를 갚게 되어요. '짐승도 은
혜를 안다'는 말은 이 이야기의 쥐처럼
짐승도 은혜를 아는데 하물며 사람으
로서 은혜를 모르고 저버릴 수 있겠
느냐는 뜻이에요. 즉, 은혜를 저버리고
은혜를 원수로 갚는 사람들을 비꼬아
이르는 말이에요.

"흑흑. 사자님. 한 번만 용서를 해 주세요. 저같이 조그만 생쥐는 어
차피 먹어도 배도 안 부르실 거예요. 제가 이 은혜는 꼭 갚을게요. 흑
흑."

그 말에 사자는 크게 웃었습니다.

"하하하, 조그마한 네 녀석이 나에게 은혜를 갚겠다고? 너 따위 생쥐
에게 도움 받을 일이 뭐가 있겠느냐?"

"하지만 혹시 모르잖아요."

생쥐는 눈물을 흘리며 애원했습니다.

"좋다. 이번 한 번은 봐 주마. 그렇지만 네가 은혜를 갚겠다고 해서
그런 건 아니야. 마침 배도 별로 안 고프고, 네 말대로 너는 먹어도 배

부를 것 같지 않아서 놔 주는 거다."

"감사합니다, 정말 감사합니다, 사자님!"

생쥐는 몇 번이나 고개 숙여 인사했습니다. 사자는 귀찮다는 듯 손짓으로 생쥐를 쫓고는 다시 잠이 들었지요.

며칠이 지났습니다.

숲 속을 지나던 생쥐는 누군가가 고통스럽게 울부짖는 소리를 듣게 되었습니다.

조심스럽게 소리 나는 곳을 찾아가 봤더니, 며칠 전 만났던 사자가 덫에 걸려 있었습니다.

"세상에, 사자님! 어쩌다 이런 덫에 걸리셨어요? 잠시만 기다리세요. 제가 금방 풀어 드릴게요."

생쥐는 튼튼한 이빨로 사자를 가둔 덫을 갉아 대기 시작했습니다. 오래지 않아 사자는 덫에서 풀려날 수 있었습니다.

"고맙다, 생쥐야. 네가 아니었으면 꼼짝없이 사냥꾼에게 잡힐 뻔했구나. 내가 너처럼 조그마한 생쥐에게 은혜를 입다니……."

사자는 눈물을 글썽거리며 말했습니다.

"그것 보세요. 제가 꼭 은혜를 갚는다고 말씀 드렸잖아요. 살다 보면 어떤 일이 생길지 모른다고요. 헤헤헤……."

02
참나무와 갈대

강둑에 뿌리를 박고 듬직하게 자라고 있던 참나무가 바람에 이리저리 흔들리는 갈대를 보며 비웃었습니다.

"이렇게 작은 바람에도 흔들리다니, 너희는 어쩌면 그렇게 연약하니? 나를 좀 봐. 어지간한 바람에도 끄떡없잖아."

참나무의 비웃음에 갈대들은 아무 말도 하지 않았습니다.

이윽고 엄청난 태풍이 불어 왔습니다. 태풍에 맞서 끝까지 버티던 참나무는 뿌리째 뽑혀 강물에 떠내려가는 신세가 되고 말았습니다. 참나무는 태풍에도 아무 일 없는 갈대들을 보고 믿을 수 없다는 듯이 소리쳤습니다.

"내가 이렇게 뿌리째 뽑혔는데 어떻게 너희는 아무렇지 않을 수가 있지? 믿을 수 없어!"

갈대들이 그런 참나무를 보고 말했습니다.

"우리는 너처럼 미련하게 힘만 믿고 버티지 않았기 때문에 살아남은 거야. 우리는 언제 얌전히 고개를 숙여야 할지 안다고."

03
사자와 여우와 당나귀

숲에 사는 여우와 당나귀는 사이좋은 친구였습니다.

그러던 어느 날, 숲에서 놀던 여우와 당나귀는 먹이를 찾아 나선 사자를 만나게 되었습니다. 사자는 마침 잘 되었다는 듯 입맛을 다시며 여우와 당나귀에게 다가왔습니다.

그때, 눈치를 살피던 여우가 잽싸게 사자의 귀에 대고 이렇게 속삭였습니다.

"사자님, 저를 살려 주신다면 저 당나귀를 쉽게 잡을 수 있게 해 드리겠습니다."

"그래? 그럼 그렇게 하지."

사자는 여우의 부탁을 들어주었습니다. 사자가 순순히 물러가자 당나귀가 참았던 숨을 내쉬며 여우에게 물었습니다.

"휴우, 꼼짝없이 잡아먹히는 줄 알았네. 그런데 여우야, 네가 뭐라고

제 꾀에 제가 넘어간다

사자를 만난 여우는 자신만 살아남기 위해 친구 당나귀를 사자의 먹이로 내 줬어요. 하지만 당나귀를 잡아먹은 사자는 결국 여우마저 잡아먹고 말아요. 이때 여우 같은 사람들 두고 '제 꾀에 제가 넘어간다'고 해요. 꾀를 내어 남을 속이려다 도리어 자기가 그 꾀에 속아 넘어감을 비유적으로 이르는 말이에요.

했기에 사자가 그냥 간 거니?"

"응? 으응, 우리가 지금 몹쓸 병에 걸려서 우리를 먹으면 배가 아플 거라고 그랬지. 참, 당나귀야, 저쪽에 맛있는 열매가 있는 걸 보았는데 우리 가서 따 먹자."

여우는 당나귀를 전에 봐 둔 함정이 있는 곳으로 데리고 갔습니다. 그리고 기회를 보아 냉큼 당나귀를 함정에 밀어 넣고 숲 속을 향해 외쳤습니다.

"사자님, 어서 와서 이 당나귀를 드세요. 제가 함정에 몰아넣었답니다."

당나귀는 깜짝 놀랐습니다.

"여우야, 너 그게 무슨 소리니?"

"당나귀야, 미안. 이렇게 하면 사자님이 나를 살려 주신다고 했거든."

여우는 어쩔 수 없었다는 듯이 당나귀를 보며 말했습니다.

그때 숲 속에서 사자가 나왔습니다.

"수고했다, 여우야."

그러고는 얼른 당나귀를 잡아먹어 버렸지요.

"그럼 저는 가도 되겠지요, 사자님?"

여우는 비겁하게 웃으며 말했습니다.

"흐흐흐, 아까 너희 둘이 힘을 합쳐 덤볐다면 나 혼자 너희를 상대하는 건 힘들었을 테지. 하지만 이제 너 혼자밖에 없는데 내가 왜 널 놓아 주겠니?"

사자는 여우까지 냉큼 잡아먹어 버렸습니다.

04
포도밭의 보물

죽음을 앞둔 한 농부가 있었습니다. 농부에게는 농사일에 관심이 없는 세 아들이 있었습니다.

"휴우. 어떻게든 저 아이들이 정신을 차리고 바로 살 수 있게 해 주어야 할 텐데……."

고민하던 농부는 숨을 거두기 직전에 세 아들을 불러 모아 놓고 이런 유언을 남겼습니다.

"내가 평생을 가꿔 온 포도밭에 보물을 묻어 놓았다. 그 보물을 찾아서 갖도록 하여라."

세 아들은 아버지의 장례식이 끝나자마자 아버지가 남겨 놓은 보물을 찾기 위해 포도밭 이곳저곳을 파헤치기 시작했습니다. 그러나 여름이 가고 가을이 가도록 포도밭에서 보물은 발견되지 않았습니다.

땅을 파다 지친 세 아들은 아버지가 거짓말을 했다고 생각하기 시작했습니다.

"게으른 우리를 골탕 먹이기 위해 하신 말씀이 틀림없어."

"우리는 그것도 모르고 헛고생만 했잖아?"

"아버지는 거짓말쟁이야!"

그리고 가을이 되었습니다. 세 아들이 여기저기를 파헤친 덕에 땅이 윤택해져서 그해 포도밭에는 포도가 아주 풍성하게 열렸습니다. 그제야 아들들은 아버지가 말씀하신 보물이 무엇인지 알게 되었습니다.

"아, 농사일을 부지런히 하면 풍성한 수확을 거둘 수 있다는 뜻이었구나!"

큰 깨달음을 얻은 세 아들은 그때부터 아주 부지런한 농부가 되었답니다.

05
노예와 사자

　못된 주인을 만나 고생하던 노예가 도망을 쳤습니다. 있는 힘을 다해 숲 속으로 도망치던 노예는 커다란 사자와 마주쳤습니다.

　'아, 나는 이제 죽었구나.'

　꼼짝없이 사자의 밥이 될 거라고 생각하고 노예는 두 눈을 질끈 감았습니다. 그러나 한참이 지나도록 아무 일도 일어나지 않았습니다. 이상하다고 생각한 노예가 살며시 눈을 떴습니다. 그랬더니 사자가 눈물이 그렁그렁 맺힌 채 앞발을 들고 서 있는 것이 아니겠습니까! 자세히 보니 사자의 앞발에는 커다란 가시가 박혀 있었습니다.

　"아, 이 가시를 빼 달라는 뜻이구나."

　노예는 무서움을 꾹 참고 조심조심 사자의 발에서 가시를 빼 주었습니다. 사자는 가시를 빼 준 노예의 뺨을 핥으며 고마움을 표시했습니다. 이렇게 해서 사자와 노예는 친구가 되어 같이 숲 속에서 지내게 되었습니다.

시간이 한참 흐른 어느 날, 노예가 사자에게 말했습니다.

"사자야, 너와 숲 속에서 지내는 것도 좋지만, 고향에 두고 온 친구들이 너무 보고 싶어. 나는 거기 가서 친구들과 살아야 할 것 같아."

사자와 노예는 아쉬운 작별을 하였습니다.

그런데 친구를 만나러 고향에 온 노예는 곧 옛 주인에게 붙잡히고 말았습니다. 화가 난 주인은 이렇게 말했습니다.

"흥, 노예가 감히 도망을 치다니! 내일 커다란 극장에 사람들이 가득 모인 앞에서 너를 사자의 먹이로 던져 주고 말 테다."

다음 날, 사자 앞에 던져진 노예는 이번에야말로 죽었다고 생각하며 눈을 꼭 감고 몸을 떨었습니다. 그런데 노예를 사납게 덮칠 줄 알았던 사자가 다가오더니 뺨을 다정하게 핥는 것이 아니겠습니까?

"아니, 어떻게 저런 일

이!"

　사람들은 깜짝 놀랐습니다. 그 사자는 바로 노예가 걱정되어 따라 왔다가 붙잡힌 친구 사자였던 것입니다. 이런 사연을 알게 된 사람들은 감동하여 노예를 살려 줘야 한다고 외쳤습니다. 그리하여 노예는 목숨을 건지고 평생 사자와 친구로 지냈답니다.

06
독수리와 딱정벌레

독수리에게 쫓기던 토끼 한 마리가 다급하게 딱정벌레에게 도움을 청했습니다.

"그래, 내가 힘껏 도와줄게."

독수리는 그런 토끼와 딱정벌레를 비웃었습니다.

"네까짓 딱정벌레가 무슨 힘이 있다고."

그러고는 토끼의 앞을 막아서는 딱정벌레를 손쉽게 물리치고 토끼를 잡아먹어 버렸습니다. 딱정벌레는 화가 많이 났습니다.

"독수리 네가 나를 무시했다 이거지? 어디 두고 보자."

딱정벌레는 독수리의 둥지에

숨어들었습니다. 그리고 독수리가 알을 낳을 때마다 그 알들을 바닥으로 떨어뜨려 깨 버렸습니다. 독수리는 화가 났지만 딱정벌레가 둥지의 조그마한 틈으로 숨어 들어가 버리자 찾을 방법이 없어 발만 동동 굴렀습니다.

"딱정벌레 너 언제까지 이럴 거야, 정말!"

"네가 먼저 나를 무시했잖아. 나는 평생 네 알이 보일 때마다 다 깨 버릴 거야!"

독수리는 어쩔 수 없이 딱정벌레를 피해 위험한 절벽에 알을 낳아야 했습니다.

"어휴, 딱정벌레를 작다고 무시했다가 내가 이 꼴을 당하는구나."

07
병사와 말

젊은 병사가 있었습니다. 이 병사에게는 말 한 마리가 있었습니다.

병사는 전쟁터에서 자신의 말을 정성껏 돌보고 아꼈습니다. 적군과 싸울 때 한마음으로 잘 싸우기 위해서였지요. 그래서 좋은 먹이를 주고 충분한 휴식도 취하게 해 주었습니다.

그러자 말 역시 전쟁터에서 주인을 위해 최선을 다해 힘든 일을 이겨 내고 끝까지 함께 싸웠답니다.

그리고 마침내 전쟁이 끝났습니다.

그런데 전쟁이 끝나자마자 병사는 말을 함부로 다루었습니다.

음식도 제대로 주지 않고 온갖 잡다한 일을 다 시켰습니다. 그래서 말은 점점 비쩍 마르고 병이 들었습니다.

그러던 중 다시 전쟁이 터졌습니다. 병사는 말에 안장과 굴레를 씌우고 무거운 갑옷을 입고 올라 탔습니다. 그리고 예전의 용맹함을 떠올리며 전쟁터로 나아갔지요. 그러나 말은 전쟁터에 도착하기도 전에 주저 앉고 말았습니다. 그러고는 주인에게 이렇게 하소연했습니다.

"도저히 일어날 수가 없네요. 주인님이 저에게 나쁜 음식을 주고 고된 일만 시키는 바람에 저는 당나귀가 되었어요. 아마 저를 말로 되돌리려면 전쟁이 끝나 버리고 말 거예요."

병사는 땅을 치고 후회했지만 때는 이미 늦고 말았습니다.

08
황금알을 낳는 거위

옛날에 거위와 닭을 키우며 살던 농부 부부가 있었습니다.

어느 날, 농부의 아내는 거위의 둥지에서 놀라운 것을 발견했습니다.

"여보, 이리 좀 와 보세요! 우리 거위가 황금알을 낳았어요!"

깜짝 놀란 농부가 헐레벌떡 뛰어왔습니다.

"정말이네, 정말 황금알을 낳았어! 우린 이제 부자야! 하하하!"

그 뒤로 농부네 거위는 매일매일 황금알을 낳았습니다. 농부는 금세 부자가 되었습니다.

그런데, 농부 부부는 슬그머니 욕심이 생기기 시작했습니다.

"하루에 황금알 하나는 너무 적어. 안 그래요, 여보?"

아내가 남편에게 물었습니다.

"그래, 맞아. 금덩어리가 한꺼번에 생겼으면 좋겠어."

남편도 대답했습니다.

부부는 머리를 맞대고 생각했습니다.

"저 거위 배 속에는 황금이 가득 들어 있겠지요? 우리, 이럴 게 아니라 거위 배를 갈라서 황금을 한꺼번에 꺼낼까요?"

"그게 좋겠군!"

두 사람은 당장 거위를 죽여 배를 갈랐습니다. 그러나 거기에 황금은 없었습니다.

"에고, 우린 이제 망했다!"

지나친 욕심은 화를 부르는 법입니다.

09
황소와 개구리

    어느 날, 아기 개구리가 혼자 연못가에서 놀고 있었습니다. 그때 마침 연못으로 커다란 황소 한 마리가 물을 마시러 왔지요. 아기 개구리는 처음 보는 거대한 동물에 놀라 연못 속으로 퐁당 뛰어들어 도망을 갔습니다. 그러고는 아빠 개구리한테 말했습니다.

    "아빠, 아빠. 제가 방금 연못가에서 굉장히 커다란 동물을 보았어요!"

    아빠 개구리는 웃으며 대답했습니다.

    "하하하, 크면 도대체 얼마나 크기에 그러니? 이 연못에서 아빠보다 큰 동물은 별로 없는데?"

    아기 개구리는 크게 고개를 저었습니다.

    "아니에요. 아빠하고는 비교도 안 되게 정말 커다랬어요."

    아빠 개구리는 자존심이 상했습니다. 그래서 숨을 한껏 들이마셔서 몸집을 크게 부풀렸습니다.

"어떠냐. 이제 아빠가 더 크지?"

"아닌데……."

아빠 개구리는 다시 한껏 숨을 들이마셨습니다.

"이제 내가 더 크지?"

이제 아빠 개구리는 숨도 쉬기 힘들었습니다.

"에이, 그 정도가 아니라고요. 훨씬, 훨씬 더 커요!"

아기 개구리는 갑갑하다는 듯 팔짝팔짝 뛰었습니다.

"좋다, 그렇다면……."

아빠 개구리는 마지막 힘을 다해 한껏 배를 부풀렸습니다.

"후우, 후우……."

그 순간이었습니다.

뻥!

무리하게 몸을 부풀리던 아빠 개구리는 그만 배가 터져 죽고 말았습니다. 개구리는 아무리 몸을 부풀려도 황소 만해질 수는 없답니다.

10
수사슴과 뿔

커다랗고 아름다운 뿔을 가진 수사슴이 있었습니다. 수사슴은 자신의 뿔을 매우 자랑스러워했답니다.

"아아, 내 뿔은 정말 멋져. 이 세상에 나처럼 훌륭한 뿔을 가진 동물은 아무도 없을걸."

하지만 수사슴에게도 고민이 있었습니다. 바로 다리였습니다.

"나처럼 아름다운 뿔을 가진 동물에게 이렇게 가늘고 보기 흉한 다리라니! 나는 내 다리가 너무 싫어!"

그때였습니다. 어디선가 컹컹 사냥개가 짖는 소리가 들려왔습니다.

"앗, 큰일이다! 사냥꾼이 나타났어!"

수사슴은 재빨리 달아나기 시작했습니다.

얼마나 달렸을까요?

"어어, 내 뿔이……."

수사슴이 자랑스러워하던 뿔이 그만 나뭇가지에 걸리고 말았습니다. 수사슴이 나뭇가지에서 뿔을 빼내려고 버둥거리는 동안 사냥개의 소리는 점점 가까워졌습니다. 사냥개가 저만치에 모습을 보일 때쯤, 수사슴은 가까스로 뿔을 빼낼 수 있었습니다. 그러고는 두 다리로 힘차게 달아났지요.

멀리멀리 도망친 수사슴은 한숨을 돌리고서 이렇게 말했습니다.

"휴, 겨우 살았다. 아름답지만 쓸모없는 뿔 때문에 죽을 뻔했다가, 내가 볼품없다고 싫어했던 다리 덕분에 목숨을 건졌네."

11
토끼와 거북

어느 날, 거북 한 마리가 느릿느릿 숲 속을 걸어가고 있었습니다. 그 모습을 보던 토끼가 깔깔대며 놀렸습니다.

"이 느림보야. 그렇게 느려서야 해 지기 전에 어딜 갈 수 있겠니?"

"괜찮아. 느려도 꾸준히 가다 보면 언젠가는 목적지에 도착할 테니까."

거북은 느릿하게 대답했습니다. 토끼는 그런 거북을 놀려 주고 싶었습니다.

"너 나랑 달리기 시합 안 할래? 너도 네가 얼마나 느린지 알아야 될 거 아니야. 여러분, 거북이 저랑 달리기 시합을 한대요!"

토끼는 숲 속 여기저기에 소문을 내기 시작했습니다. 그래서 거북은 꼼짝없이 토끼와 달리기 시합을 하게 됐지요.

다음 날, 숲 속 동물들이 모두 모여 지켜보는 가운데 토끼와 거북의 달리기 시합이 시작되었습니다.

"자, 둘 다 준비되었지? 저기 언덕 너머 느티나무까지 달리는 거야. 알았지?"

심판을 맡은 여우가 경기 규칙을 설명했습니다.

"준비, 출발!"

시합이 시작되었습니다. 토끼는 쏜살같이 앞으로 달려 나갔습니다. 물론 거북은 느릿느릿 출발했지요.

한참을 달려 나간 토끼는 언덕 위에 우뚝 서서 저 멀리 거북이 오는 것을 지켜보았습니다. 자신은 벌써 절반을 훨씬 넘게 왔는데, 거북은 아직도 출발선 근처에 있는 것이 보였습니다.

"하하하, 느림보 거북, 내 저럴 줄 알았어. 너무 차이가 나도 안 좋으니까 여기서 느긋하게 기다렸다 가 볼까?"

토끼는 나무 그늘에 누워 콧노래를 부르기 시작했습니다. 햇볕은 따뜻하고 풀밭은 포근했지요. 토끼는 그만 깜빡 잠이 들고 말았습니다.

거북은 느리지만 꾸준히 한 걸음, 한 걸음 결승점을 향해 발을 떼어 놓았습니다.

"당연히 내가 토끼보다 빠를 수야 없겠지. 그래도 여러 친구들 앞에서 하는 시합이니만큼 최선을 다하는 거야."

거북은 땀을 뻘뻘 흘리며 열심히 걸었습니다. 너무 열심히 앞만 보고 걷느라 언덕 위에서 토끼가 자고 있는 것도 보지 못했습니다.

"와아, 거북이 이기겠는걸?"

"우와, 정말이네? 토끼는 보이지도 않아!"

저 멀리서 들리는 환호성에 토끼가 화들짝 놀라 잠에서 깨어났습니다. 소리가 들리는 곳은 달리기 시합의 결승점이 있는 느티나무 아래였습니다. 거북이 결승점 바로 아래까지가 있었습니다.

"아니, 이런! 내가 너무 오래 잤어!"

토끼는 허둥지둥 최선을 다해 달려갔지만 거북은 이미 도착한 후였습니다.

"하하하, 토끼야, 그러게 빠르다고 자만하면 안 되지. 느려도 끝까지 최선을 다하니까 거북이 이기잖아."

숲 속 친구들의 놀림에 토끼는 그만 얼굴이 빨개지고 말았답니다.

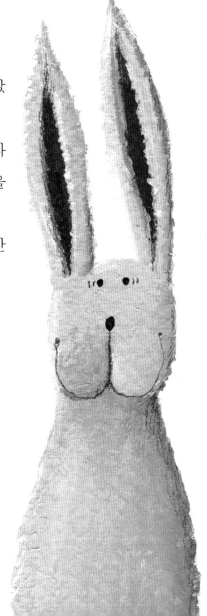

149

12
개미와 베짱이

날씨가 매우 추운 어느 겨울날이었습니다. 개미들은 따뜻한 집 안에 모여 김이 오르는 음식들을 맛있게 먹고 있었지요. 그때였습니다.

똑똑.

누군가 힘없이 문을 두드렸습니다.

"누구지?"

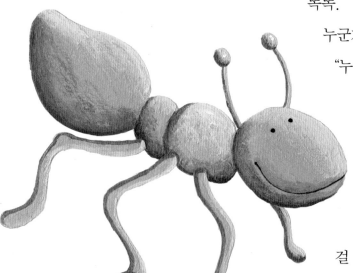

개미들은 고개를 갸우뚱하며 문을 열어 보았습니다. 바깥에는 초라한 모습의 베짱이가 서 있었습니다.

"개미님들, 저에게도 먹을 걸 좀 나눠 주시면 안 될까요?"

베짱이는 추위와 배고픔에 덜덜

떨고 있었습니다.

"저런, 여름에는 무얼 하셨기에 지금 드실 것도 없으세요?"

개미들이 이상하다는 듯이 고개를 갸웃하며 물었습니다.

"여름에는 노래를 부르느라……."

그러자 개미들은 한심하다는 듯이 말했습니다.

"아, 그래요? 그러면 겨울에는 춤을 추시면 되겠군요."

개미들은 냉정하게 문을 쾅 닫아 버렸습니다.

속담이란 뭘까?

'속담'이란 아주 오랜 옛날부터 우리 조상들이 생활 속에서 발견한 지혜와 세상에 대한 교훈을 재치 있는 문장으로 만든 것이에요. 속담 속에는 자연에 담긴 법칙이나 동물과 식물들의 모습을 사람의 모습에 빗대어 나타내어 그렇게 행동하거나 하지 말라는 교훈으로 삼도록 했어요. 그래서 속담 속에는 우리 조상들의 슬기와 지혜 그리고 삶의 가르침이 동시에 담겨 있어요. 또한 대부분 순우리말로 되어 있어서 속담은 우리말 실력을 높여 주고 문장 속에 숨은 뜻을 이해하다 보면 저절로 사고력과 이해력도 높아져요.

13
박쥐가
따돌림을 받는 이유

옛날에 새들과 땅 위에 사는 동물들 사이에 싸움이 벌어졌습니다.

박쥐는 굴 속에 숨어서 가만히 그것을 지켜보고 있었지요.

싸움은 땅 위에 사는 동물들의 승리로 끝이 났습니다. 그것을 보고 박쥐는 굴 속에서 나와 날개를 접고 땅 위에 사는 동물들에게 찾아갔습니다. 그러고는 뾰족한 이를 내보이며 말했습니다.

"싸움에서 이기셨군요. 정말 축하드립니다. 저는 보시다시피 쥐의 친척인데, 그동안 몸이 안 좋아 싸움에는 참여를 못했습니다."

"그래? 몸이 아팠다니 어쩔 수 없지. 어서 오게, 친구."

땅 위에 사는 동물들은 박쥐를 기꺼이 친구로 받아들여 주었습니다.

얼마 후, 또다시 새들과 땅 위에 사는 동물들 사이에 전쟁이 벌어졌습니다. 이번에는 새들이 이겼습니다. 역시 병을 핑계로 굴 속에 숨어 있던 박쥐는 전쟁이 끝나자 슬그머니 굴 밖으로 나와 이번에는 새들을 찾아갔습니다.

　"축하합니다, 새 친구들.
저도 새예요. 이 날
개가 보이시죠?"

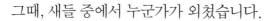

　박쥐는 땅 위에 사
는 동물들에게 갈 때는 숨
겨 두었던 날개를 활짝 펴 보였
습니다.

　그때, 새들 중에서 누군가가 외쳤습니다.

　"박쥐야, 너는 지난번 땅 위에 사는 동물들이 이겼을 때는 쥐의 친척
이라고 하지 않았니? 그런데 이번에는 또 날개를 보이면서 새라고 하
는구나. 너는 도대체 어느 편이니?"

　여기저기서 박쥐에게 따가운 눈총이 쏟아졌습니다. 결국 박쥐는 그
눈총을 견디지 못하고 어두운 굴 속으로 돌아가고 말았답니다.

14
사나이의 외투

"이 세상에 나만큼 힘이 센 건 아무것도 없을 거야."

바람이 으스대며 말했습니다. 그러자 해가 콧방귀를 뀌었습니다.

"무슨 소리야. 세상에서 제일 힘이 센 건 바로 나라고."

바람과 해는 서로가 제일 힘이 세다며 다투었습니다.

"좋아. 우리 그럼 내기를 하자고."

바람이 말했습니다.

"그래, 좋아."

해도 말했습니다.

"음……. 아, 저게 좋겠다! 저기 외투를 껴입고 가는 사람이 보이지? 저 사람의 외투를 빨리 벗기는 사람이 이기는 걸로 하자."

바람이 제안했습니다. 해가 내려다보니, 웬 사나이가 두터운 외투를 걸치고 들판을 지나가고 있었습니다.

"좋아."

해가 동의했습니다.

"그럼 내가 먼저 해 보지."

바람은 자신만만하게 뺨을 한껏 부풀렸다가 후우 하고 입김을 불었습니다.

"아이쿠, 갑자기 웬 바람이야?"

들판을 지나던 사나이는 바람에 외투가 벗겨질세라 두 손으로 외투 자락을 꼭 여몄습니다.

"어라?"

한 번에 사나이의 외투를 벗길 수 있을 줄 알았던 바람은 당황했습니다. 그래서 얼굴이 새빨개지도록 더욱 더 세게 바람을 불었습니다. 하지만 그럴수록 사나이는 외투를 더 꼭꼭 여밀 뿐이었습니다. 마침내 바람은 포기하고 말았습니다. 그 모습을 보고 해가 크게 웃었습니다.

"하하하, 모든 일을 그렇게 힘으로만 해결하려고 들면 안 돼. 나를 잘 보라고."

해는 얼굴을 새빨갛게 붉히며 뜨거운 열을 쏟아 내었습니다.

"흥! 내가 못한 일을 네가 할 수 있을 것 같아?"

바람은 어림도 없다는 듯이 말했습니다.

그런데 이게 웬일일까요?

사나이는 손으로 이마에 맺힌 땀을 닦으며 말했습니다.

"아휴, 덥다. 오늘은 날씨가 왜 이러지? 좀 전에는 바람이 그렇게나 심하게 불더니, 이제는 더워서 견딜 수가 없네."

그러더니 입고 있던 외투를 홀렁 벗어 손에 드는 것이었습니다!

15
허영심 많은 까마귀

어느 날 신이 새들을 모아 놓고 말했습니다.

"너희들 가운데 가장 아름다운 새를 왕으로 뽑겠다."

새들은 저마다 가진 아름다움을 뽐내기 위해 몸치장을 하느라 애를 썼습니다.

그러나 새까만 털을 지닌 까마귀는 아무리 꾸며도 자신이 아름답지 않은 것 같아 고민에 빠졌습니다.

'아, 나도 왕이 되고 싶은데, 어떻게 하지?'

방법을 찾던 까마귀에게 마침 좋은 생각이 떠올랐습니다.

'아, 그렇게 하면 되겠다!'

까마귀는 숲 속을 돌아다니며 새들이 떨어뜨린 깃털을 주워 모으기 시작했습니다. 그러고는 자신의 몸 여기저기에 붙여 화려하게 장식을 했습니다.

까마귀 날자 배 떨어진다

원래 배나무에서 배가 떨어진 것이 까마귀와는 아무 상관이 없는데 까마귀가 날자 우연히 배도 떨어지면서 꼭 까마귀가 배를 떨어뜨린 것처럼 의심을 받게 된다는 말이에요. 우리는 살다 보면 이렇게 까마귀 날자 배 떨어지는 경우를 만나 억울한 일을 당할 때가 있어요. 이런 일을 당하지 않도록 늘 경계해야겠지요.

새들의 왕을 뽑는 날이 되었습니다. 새들은 제각기 아름답게 다듬은 깃털을 펼쳐 보였습니다. 드디어 까마귀의 차례가 되었습니다.

"우와, 까마귀가 언제부터 저렇게 아름다웠어?"

"그러게. 온갖 색깔의 깃털이 다 있잖아?"

새들은 까마귀의 모습에 깜짝 놀랐습니다.

까마귀는 한껏 의기양양해졌습니다.

그때였습니다.

"어, 이상하다? 저거 내 꼬리 깃털 같은데?"

이렇게 소리친 공작이 까마귀에게 성큼 다가가서 까마귀의 꼬리에 붙은 화려한 깃털 하나를 쑥 잡아 뽑았습니다.

"이거 뭐야, 내 깃털을 몸에 붙인 거였잖아?"

그러자 다른 새들도 웅성대기 시작했습니다.

"그러고 보니 저기 붙은 주황색 깃털은 내 것 같은

데?"

"어? 저기 내 파란 깃털도 있어!"

새들은 순식간에 달려들어 까마귀의 몸에서 자신들의 깃털을 찾아 갔습니다. 까마귀에게는 결국 새까만 깃털만 남았습니다.

"뭐야. 남의 털을 붙이고 아름다운 척한 거였어?"

새들은 까마귀를 비웃었습니다. 까마귀는 부끄러움에 고개를 떨어뜨리고 숲을 떠났습니다.

16
나무와 도끼

한 나무꾼이 자루 없는 도끼를 들고 숲으로 갔습니다.

"우와, 이 숲의 나무님들은 정말 멋지게 생기셨네요. 다들 키도 훤칠하게 크시고 가지도 멋지게 벌어졌어요."

나무꾼의 칭찬에 나무들은 기분이 좋아졌습니다.

"흠흠. 우리가 좀 멋지게 생기긴 했지."

"그럼요. 이런 멋진 나무님들은 오래오래 숲을 지키셔야 합니다. 그런데 저기 저 키도 작고 배배 틀어진 나무는 무슨 나무인가요?"

나무꾼은 숲 가장자리에 있는 한 나무를 가리켰습니다.

"아, 물푸레나무 말이로군."

나무들은 무시하는 눈길로 물푸레나무를 보았습니다. 물푸레나무는 부끄러워 고개를 숙였습니다.

"이렇게 멋진 숲에 저런 나무라니, 너무 어울리지 않는데요? 저 나무는 차라리 베어다 제 도끼 자루로 쓰는 게 어떨까요?"

나무꾼의 말에 물푸레나무는 깜짝 놀라 동료 나무들을 바라보았습니다. 그러나 키가 큰 나무들은 고개를 돌려 물푸레나무의 시선을 외면했습니다.

"그게 좋겠군."

결국 물푸레나무는 잘려서 나무꾼의 도끼 자루가 되었습니다.

그리고 얼마 후, 나무꾼은 그 도끼로 숲 속의 나무들을 하나둘씩 모두 쓰러뜨렸습니다.

나무들은 쓰러지면서 후회했습니다.

"아아, 나무꾼의 달콤한 말에 넘어가 작고 조용하던 물푸레나무를 그렇게 희생시키는 게 아니었어. 그랬다면 우리는 함께 오래도록 이 숲에서 지낼 수 있었을 텐데……."

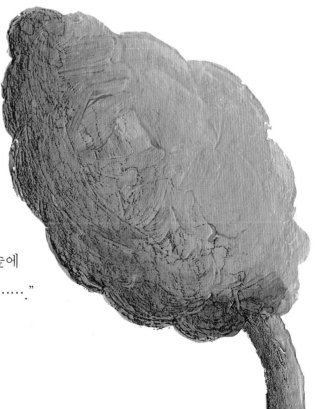

17
황새와 여우

장난이 심한 여우 한 마리가 살고 있었습니다. 심심해진 여우는 이웃에 사는 황새를 불러다 곯려 주기로 마음을 먹었습니다.

"황새야, 우리 집에 아주 맛있는 음식이 생겼는데 먹으러 오지 않을래?"

여우는 황새를 저녁 식사에 초대했습니다.

"그래, 좋아."

황새는 흔쾌히 초대를 받아들였습니다. 그런데 저녁 식탁에 여우가 내놓은 것은 납작한 접시에 담긴 국이었습니다. 주둥이가 긴 황새는 납작한 접시에 담긴 음식을 먹을 수 없었습니다.

"왜 안 먹니? 정말 맛있는데."

여우는 혀로 접시 바닥까지 싹싹 핥으면서 얄밉게 말했습니다. 황새는 비로소 여우가 자신을 놀리고 있다는 것을 알았습니다.

'두고 보자.'

　며칠 뒤, 황새가 여우를 저녁 식사에 초대했습니다. 여우는 며칠 전 자신이 한 일은 잊고 신이 나서 황새의 집을 방문하였습니다.

　"자, 맛있게 먹어. 정말 쉽게 맛볼 수 없는 귀한 음식이란다."

　황새가 내온 음식은 목이 아주 좁고 긴 병 속에 담겨 있었습니다. 부리가 긴 황새는 여유 있게 음식을 먹을 수 있었지만 주둥이가 짧고 뭉툭한 여우는 입맛만 다셔야 했지요.

　'나도 황새를 놀렸으니 할 수 없지 뭐.'

18
나그네와 곰

두 나그네가 함께 여행을 하고 있었습니다. 그 둘은 여행을 하는 동안 서로 의지하고 돕자고 약속한 친구였답니다.

두 사람이 숲 속을 지날 때였습니다. 어디선가 덩치가 커다란 곰 한 마리가 나타났습니다. 한 나그네는 곰을 보자마자 같이 여행하던 친구를 내팽개치고 잽싸게 나무 위로 달아났습니다.

순식간에 혼자 남은 다른 나그네는 당황하다가 죽은 척하며 길에 엎드렸습니다. 어디선가 곰은 죽은 사람은 건드리지 않는다는 이야기를 들은 기억이 났던 것입니다. 곰은 엎드린 나그네에게 다가와 냄새를 킁킁 맡았습니다. 곰의 코가 귓가를 스칠 때는 깜짝 놀라 소리를 지를 뻔했지만 용케 잘 참아 냈습니다. 마침내 곰은 나그네가 죽었다고 판단

했는지, 나그네를 내버려두고 숲 속으로 사라져 버렸습니다.

　나무 위로 도망갔던 나그네가 그때서야 슬슬 나무에서 내려왔습니다. 그러고는 옷에 묻은 먼지를 털며 일어나는 다른 나그네에게 물었습니다.

　"여보게, 내가 위에서 보니까 곰이 자네 귀에 대고 뭐라고 이야기를 하는 것 같더군. 뭐라고 하던가?"

　먼지를 털던 나그네는 나무에서 내려온 나그네를 빤히 보며 이렇게 말했습니다.

　"응, 위험할 때 혼자 살겠다고 도망가는 사람하고는 친구를 하지 말라고 하더군."

19
양치기 소년

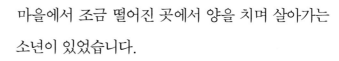

마을에서 조금 떨어진 곳에서 양을 치며 살아가는 소년이 있었습니다.

하루 종일 양떼만 바라보던 소년은 심심해졌습니다.

"아, 심심해. 뭐 재미있는 일 좀 없을까?"

한참을 고민하던 소년은 무릎을 탁 쳤습니다.

"옳지! 그거 재미있겠다."

그리고서는 벌떡 일어서서 마을 쪽을 향해 두 손을 모아 입가에 대고 소리쳤습니다.

"늑대다! 늑대가 나타났어요! 아이고, 양을 다 잡아 먹네!"

소년의 외침에 마을 사람들이 소년을 도우

러 헐레벌떡 달려왔답니다.

"어디냐, 어디. 늑대가 어디에 있어?"

그 모습을 본 소년은 배를 잡고 웃었습니다.

"하하하, 거짓말이었어요. 다들 속았지요? 하하하……."

"예끼, 이 녀석! 그런 거짓말을 하면 못 써."

마을 사람들은 허탈해하며 터덜터덜 돌아갔습니다.

그러나 그 장난이 너무나 재미있었던 소년은 다음 날도, 그 다음 날도 거짓말로 사람들을 골탕 먹였습니다.

그러던 어느 날이었습니다. 이번에는 정말로 늑대가 나타났습니다!

"으악, 진짜 늑대잖아? 큰일 났다. 도와주세요! 이번에는 진짜예요, 진짜 늑대가 나타났어요!"

소년은 겁에 질려 외쳤습니다. 그러나 마을 사람들은 저 멀리에서 소년을 보며 비웃었습니다.

"우리가 또 속을 줄 알고? 어림없다, 이 녀석아! 하하하……."

소년은 울상이 되었습니다. 그러는 동안 늑대는 소년의 양을 남김없이 잡아먹고 말았답니다.

소년고생은 사서 하랬다

'젊어서 고생은 사서도 하랬다'는 말로 더 많이 쓰여요. 한마디로 젊어서 하는 고생은 돈을 주고서라도 해야 할 정도로 중요하다는 뜻이에요. 젊어서는 고생을 할수록 장래를 위해서 더 도움이 된다는 말이지요. 사람은 대부분 젊어서 한 고생을 통해 나이가 들면서 그 고생의 결실을 누려요.

167

20
사슴과 포도나무

사슴 한 마리가 사냥꾼들에게 쫓기고 있었습니다.

"헉헉, 포도나무야. 제발 나 좀 숨겨 줘. 사냥꾼들에게 잡히면 죽을지도 몰라."

마음 착한 포도나무는 잎을 들추고 그 안에 사슴을 숨겨 주었습니다.

"자, 이리 와 숨어. 내 울창한 잎으로 가리면 아무도 너를 찾지 못할 거야."

"고마워, 포도나무야."

과연 조금 후에 도착한 사냥꾼은 포도나무 잎사귀 아래에 숨은 사슴을 발견하지 못하고 지나갔습니다.

"휴우, 살았다. 그런데 너무 긴장했더니 목이 마르네?"

사슴은 늘어진 포도나무 잎을 뜯어 먹기 시작했습니다.

"아야, 너를 숨겨 준 잎들인데 무슨 짓이니?"

포도나무는 사슴을 원망했지만 사슴은 들은 척도 하지 않고 계속해서 잎을 뜯어 먹었습니다. 차츰차츰 잎이 사라지자 사슴의 모습이 드러나기 시작했습니다. 놓친 사슴을 찾아 되돌아오던 사냥꾼이 그 모습을 보았습니다. 사냥꾼은 지체 없이 활을 쏘아 사슴을 맞혔습니다. 사슴은 죽어 가면서 비로소 후회를 했습니다.

　　"아아, 나를 숨겨 준 은혜를 잊고 괴롭혀서 벌을 받는구나."

21
당나귀와 노새

한 남자가 당나귀와 노새에 짐을 나눠 싣고 길을 가고 있었습니다.

"헉헉, 노새야. 내가 오늘 몸이 너무 안 좋은데 내 짐을 조금만 덜어 가 주면 안 되겠니?"

당나귀가 지친 목소리로 말했습니다. 하지만 노새는 단번에 거절했습니다.

"내 짐만 해도 힘든데, 무슨 소리야?"

할 수 없이 아픈 몸으로 무거운 짐을 지고 가던 당나귀는 결국 쓰러져 버리고 말았습니다. 남자는 깜짝 놀랐습니다.

"아니, 이 당나귀가 왜 이러지? 죽었잖아! 이제 이 짐을 다 어쩐다?"

잠시 고민을 하던 남자는 노새에게 말했습니다.

"할 수 없군. 네가 좀 더 고생을 해야겠다."

남자는 노새의 등에 당나귀가 매고 가던 짐을 전부 올려놓았습니다.

"당나귀 시체도 버리고 가긴 아까운데?
가져가서 가죽을 써야겠다."

노새는 당나귀의 시체까지 등에 지고
가게 되었습니다.

"아까 당나귀가 부탁할 때 들어주었더
라면 이 고생은 안 했을 텐데."

노새는 울상을 지으며 후회했지만 때는
이미 늦었습니다.

소 잃고 외양간 고친다

소를 잃고 나면 소가 없기 때문에 외
양간을 고칠 필요도 없지요. 하지만
소를 도둑맞고 나서야 외양간을 고치
게 되니 일이 이미 늦었다는 말이에
요. 그러니까 어떤 일을 미리 대비하
지 못하고 나중에 중요한 것을 잃어버
리고 나서야 대비해도 아무 소용없다
는 뜻으로 사용해요.

22
가장 예쁜 아기

하루는 신이 동물들에게 이런 약속을 했습니다.

"가장 예쁜 아기를 낳아 데려오는 동물에게 큰 상을 내리겠다."

온갖 동물들이 자신의 아기를 데리고 신 앞에 길게 줄을 섰습니다. 그중에는 쭈글쭈글한 아기 원숭이를 안은 어미 원숭이도 있었지요.

그 모습을 본 신이 배꼽을 잡고 웃었습니다.

"하하하, 원숭이야. 이렇게 빨갛고 쭈글쭈글한 아기가 어디가 예쁘다고 데려왔느냐?"

화가 난 어미 원숭이는 아기 원숭이를 꼭 끌어안으며 대답했습니다.

"상을 주지 않으셔도 좋습니다만, 우리 아기는 분명 세상에서 가장 예쁜 아기입니다. 엄마에게 자신이 낳은 아기보다 더 예쁜 아기는 세상에 없는 법이니까요."

23
진흙탕에 빠진 마차

짐을 가득 싣고 가던 마차가 진흙탕에 빠졌습니다. 마부가 아무리 말에게 채찍질을 해 보아도 바퀴만 헛돌 뿐이었습니다. 마부는 마차에서 내려 마차의 상태를 살펴보았습니다.

'흠. 이건 도저히 사람의 힘으로 할 수 있는 일이 아니군. 신에게 도움을 청해야겠어.'

그리고서는 신에게 기도를 올렸습니다.

마부의 기도를 듣고 신이 내려왔습니다. 마부에게서 상황 설명을 들은 신은 마부를 물끄러미 바라보았습니다.

"내게 도움을 청하기 전에 너는 무엇을 해 보았느냐? 스스로는 아무 것도 하지 않고 남에게 도움만 청하는 자는 도와줄 수 없다."

신은 냉정하게 말하고 다시 하늘로 올라가 버렸습니다.

24
전나무와 가시나무

전나무가 가시나무의 뾰족한 가시들을 보며 비웃었습니다.

"쯧쯧. 너는 그 가시 때문에 아무 쓸모도 없겠구나. 나를 보렴. 나는 이렇게 매끈하게 위로 쑥쑥 뻗어서 얼마나 유용하게 쓰이는지 아니? 집을 지을 때도, 가구를 만들 때도 사람들은 나만 찾아."

으스대는 전나무를 쳐다보며 가시나무가 대수롭지 않다는 듯이 말했습니다.

"그래? 그래서 저기 도끼를 든 사람들이 너를 찾나 보구나?"

그러자 전나무의 얼굴이 파랗게 질렸습니다. 그러고는 사람들에게 조그마한 목소리로 이렇게 말했답니다.

"저, 저기요. 저는 전나무가 아니라 가시나무인데요."

그 소리를 들은 가시나무가 큰 소리로 웃었습니다.

25
거울을 이용하는 방법

옛날에 어린 오누이가 살고 있었습니다. 어느 날 오누이는 방에서 장난을 치고 놀다가 한쪽 구석에 세워진 거울을 발견했습니다. 거울에 비친 오빠는 정말 잘생긴 모습이었습니다. 오빠는 자신의 모습에 우쭐해졌지요. 그러나 여동생은 거울에 비치는 자신의 평범한 모습에 너무나 실망했습니다. 오빠는 여동생 앞에서 자신의 잘생긴 모습을 뽐내며 자랑했습니다. 여동생은 약이 올라서 그만 울음을 터뜨리고 말았답니다. 그 울음소리를 듣고 달려온 아버지가 이유를 알고서는 이렇게 말했습니다.

"얘들아, 너희는 아직 거울을 제대로 이용하는 방법을 모르고 있구나. 자, 이리 오렴."

아버지는 아이들을 거울 앞에 세웠습니다. 그리고 아들에게 먼저 말하였습니다.

말 가는 데 소 간다

말과 소를 비교하면 말이 훨씬 빨라요. 하지만 말이 간 길을 소라고 못 가라는 법은 없어요. 소가 느리긴 하지만 말이 갔던 곳이라면 비록 늦더라도 소 역시 갈 수 있다는 뜻이에요. 즉, 재주가 없는 사람도 노력하면 뜻을 이룰 수 있다는 말에 주로 사용하는 속담이에요. 그러니 포기하지 말고 노력하면 반드시 뜻을 이룰 수 있어요.

"아들아, 너는 이 거울을 보면서 잘생긴 외모에 어울리는 멋진 인품을 가진 사람이 되어야겠다고 다짐하는 거야."

그리고 이번에는 딸을 향해 이렇게 말했습니다.

"딸아, 너는 이 거울을 보면서 이렇게 생각하는 거야. 아, 나는 외모가 평범하니까 남들보다 훨씬 더 사랑스러운 성격을 가질 수 있도록 노력해야겠구나."

26
나그네와 플라타너스

햇볕이 몹시 따가운 어느 날, 한 나그네가 길을 가고 있었습니다.

"아, 햇볕이 너무 따가워. 시원한 나무 그늘에서 좀 쉬었으면⋯⋯."

마침 저 앞에 넓은 잎을 가진 플라타너스가 보였습니다.

"저 나무 그늘에서 쉬면 되겠군."

나그네는 기쁜 목소리로 외치고 나무 그늘로 뛰어 들어가 기대었습니다.

"넓은 잎으로 시원한 그늘을 만들어 주다니, 플라타너스는 참 고마운 나무야."

그 말을 들은 플라타너스는 기분이 흐뭇했습니다.

충분히 쉬고 나자, 나그네는 배가 고파졌습니다.

"아, 배고파. 뭐 먹을 것 좀 없나?"

사방을 두리번거리던 나그네는 나무 위를 쳐다보며 불만스레 투덜거렸습니다.

"에잇, 무슨 나무가 열매 하나 안 열린담. 플라타너스는 아무짝에도 쓸모없는 나무야!"

그 말을 들은 플라타너스는 어이가 없었습니다.

"내 그늘에서 햇볕을 피해 쉬고 있는 주제에 나더러 쓸모없다니, 너는 참으로 은혜도 모르는 인간이로구나."

27
욕심 많은 개

옛날에 욕심이 아주 많은 개가 살고 있었습니다. 어느 날 개는 푸줏 간에서 커다란 고깃덩이 하나를 훔쳤습니다. 푸줏간 주인이 볼세라 개는 정신없이 뛰어 달아났습니다. 그러다 개울가 다리 위에서 멈추었습니다.

'휴, 이제는 안전하겠지.'

그때였습니다. 무심코 아래를 내려다 본 개는 깜짝 놀랐습니다. 다리 아래에 웬 개가 커다란 고깃덩이를 물고 있는 모습이 보이는 게 아니겠어요?

'아니, 저 녀석의 고깃덩이가 더 크고 맛있겠는데?'

개는 욕심이 생겼습니다.

'이것도 먹고 싶고, 저것도 먹고 싶은데 어떻게 하지? 옳지, 그러면 좋겠다. 큰 소리로 짖어서 저 녀석이 고깃덩이를 놓고 달아나게 하는

서당 개 삼 년이면 풍월을 읊는다

서당에서 삼 년 동안 살면서 매일 글 읽는 소리를 듣다 보면 개조차도 글 읽는 소리를 내게 된다는 뜻이에요. 그러니까 어떤 분야에 대하여 지식과 경험이 전혀 없는 사람이라도 그 부문에 오래 있으면 얼마간의 지식과 경험을 갖게 된다는 것을 이르는 말이에요.

거야.'

욕심 많은 개는 숨을 모았다가 큰 소리로 짖었습니다.

"컹컹, 컹컹컹컹!"

그 바람에 개의 입에 물려 있던 고깃덩이가 그만 다리 아래로 떨어지고 말았습니다.

풍덩!

그런데 이게 웬일입니까? 다리 아래 있던 녀석의 입에서도 고깃덩이가 사라졌습니다. 그것은 바로 물에 비친 자신의 모습이었던 것입니다.

"그냥 욕심 부리지 말고 내 입에 있는 거나 먹을걸."

욕심 많은 개는 후회를 했지만, 이미 고깃덩이는 물속으로 사라진 후였습니다.

28
제비와 까마귀

옛날에 서로 잘났다고 우기는 제비와 까마귀가 있었습니다.

어느 날, 우연히 마주친 두 새는 서로 자신의 깃털이 최고라고 우기다 말다툼을 벌이게 되었습니다.

"나보다 아름다운 깃털을 가진 새는 세상에 없어. 이 윤기를 좀 보라고."

제비가 한껏 뽐내며 말했습니다.

"예쁘기만 하고 쓸모없는 네 깃털보다야 내 깃털이 훨씬 낫지."

까마귀가 지지 않고 대꾸했습니다.

"도대체 시커멓기만 한 네 깃털이 도대체 왜 내 깃털보다 낫다는 거야?"

까마귀 고기를 먹었나

친구 중 약속을 잘 까먹거나 숙제를 잊어버리고 자주 해 오지 않은 경우에 우리는 "너 까마귀 고기 먹었니?" 하면서 얘기할 수 있어요. 이 속담은 물건을 잃어버리거나 약속 등을 자주 잊어버리고 덜렁대며 깜빡깜빡하는 사람에게 비유해서 이르는 말이에요.

제비가 이해할 수 없다는 듯이 말했습니다. 그러자 까마귀가 말했습니다.

"내 깃털은 겨울에도 춥지 않도록 따뜻하게 감싸 주지. 겨울이 오면 추위를 견디지 못하고 남쪽 나라로 이사 가야 하는 너와는 다르다고. 그러니 겉보기에만 예쁜 네 깃털보다 나를 따뜻하게 지켜 주는 내 깃털이 훨씬 아름답고 소중한 거야. 알겠니?"

제비는 그만 할 말이 없어졌습니다.

29
당나귀와 베짱이

옛날에 욕심 많은 당나귀가 살고 있었습니다. 무엇이든 남이 가진 좋은 것은 다 가지고 싶어 하는 욕심쟁이였지요.

어느 날, 당나귀는 풀숲에서 매우 멋진 노랫소리를 들었습니다. 그 노래는 바로 베짱이가 부르고 있었습니다.

"베짱이야, 너의 노랫소리는 정말 아름답구나. 어떻게 하면 그렇게 아름다운 노래를 부를 수 있니?"

베짱이는 말했습니다.

"응. 우리는 아침에 이슬만 먹어서 이런 고운 목소리를 낼 수 있는 거야."

"그래? 그렇다면 나도 당장 내일부터 이슬만 먹겠어!"

당나귀는 기운차게 다짐했습니다.

베짱이는 걱정스럽게 얘기했습니다.

"괜찮겠니? 너는 덩치도 크고 일도 많이 해야 할 텐데……."

"노래만 잘할 수 있다면 난 뭐든지 할 수 있어."

당나귀는 씩씩하게 장담을 했습니다. 그러나 과연 말처럼 쉬웠을까요? 이슬만 먹던 당나귀는 며칠 안 가 그만 풀썩 쓰러지고 말았답니다. 그런 당나귀를 보고 베짱이가 크게 웃었습니다.

"그러게, 자기한테 어울리는 일을 했어야지."

30
어린 올리브나무와 무화과나무

이제 막 가을을 맞는 어린 올리브나무가 있었습니다. 올리브나무는 가을이 되자 잎이 다 말라 떨어진 무화과나무를 보고 으스대며 말하였습니다.

"어머나, 가엾어라. 잎이 다 떨어졌네요. 그렇게 앙상한 모습으로 겨울을 나는 건가요? 너무 안됐군요. 저는 일 년 내내 이 푸른 잎을 달고 지낸답니다. 호호호."

무화과나무는 아무 말도 하지 않았습니다.

이윽고 흰 눈이 펑펑 내리는 겨울이 왔습니다. 땅 위에도 나뭇가지 위에도 눈이 소복소복 쌓였지요. 무화과나무는 몸을 가볍게 흔들어 가지 위에 쌓인 눈을 털어낼 수 있었습니다. 그러나 넓은 잎을 가득 단 올리브나무는 그 위에 쌓인 눈의 무게에 울상이 되었습니다. 그리고 마침내는 눈의 무게를 감당하지 못해 가지들이 하나둘씩 부러지기 시작했습니다.

"엉엉엉, 눈이 너무 무거워요. 가지가 부러져서 너무 아파요. 엉엉엉……."

봄이 왔을 때, 올리브나무에는 성한 가지가 몇 개 남아 있지 않았습니다. 그러나 무화과나무의 가지들은 하나도 다치지 않았지요. 무화과나무가 시무룩해 있는 올리브나무를 보고 말했습니다.

"나는 이제 이 가지들에 싱싱한 새 잎을 피워 올릴 거야. 여름이 오면 열매들도 주렁주렁 달고 말이야. 그런데 네가 자랑하던 그 많은 잎과 가지들은 다 어디로 갔니?"

올리브나무는 너무나 부끄러워 고개를 들 수가 없었습니다.

31
쥐와 개구리

연못가에 살던 쥐와 개구리가 서로 친구가 되었습니다. 쥐는 물속을 자유롭게 오가며 사는 개구리를 부러워했지요.

"너는 물속도 마음대로 오갈 수 있어서 좋겠다. 물속은 어떻게 생겼니? 정말 신기한 게 많을 것 같아."

그러자 개구리가 말했습니다.

"그럼, 내가 초대할 테니까 지금 놀러 가자."

"그럴까?"

쥐는 신이 났습니다.

"그런데 물속에서 네가 길이라도 잃으면 어떡하지? 아, 그렇지. 이렇게 하자."

개구리는 대뜸 생쥐의 다리와 자신의 다리를 끈으로 묶었습니다.

"이렇게 하면 괜찮을 거야."

그리고서 개구리는 물속으로 첨벙 뛰어들었습니다.

"자, 봐봐. 신기하지?"

개구리는 신이 나서 물속 여기저기를 돌아다녔습니다. 그러나 쥐는 구경은커녕 숨이 막혀 버둥거리기 바빴습니다. 발에 묶인 끈 때문에 물 밖으로 나갈 수도 없었지요. 쥐의 사정을 살피지 못한 개구리 때문에 결국 쥐는 숨이 막혀 죽고 말았습니다.

"어, 어, 어!"

쥐의 죽은 몸이 물 위로 떠오를 때에야 개구리는 무언가가 잘못된 것을 알았습니다. 그러나 이미 늦은 뒤였답니다. 먹이를 찾던 독수리가 물 위에 뜬 쥐의 몸을 낚아채 버렸으니까요. 남을 배려할 줄 모르던 개구리는 죽은 쥐와 함께 독수리의 먹이가 되고 말았습니다.

32
사람을 사랑한 고양이

어떤 젊은 남자에게 한눈에 반한 고양이가 있었습니다. 고양이는 사람이 되어서라도 그 남자의 사랑을 간절히 원했습니다. 그래서 신에게 열심히 기도했습니다.

"신이시여, 제발 제 소원을 들어주세요. 저는 그 사람을 정말 사랑한답니다."

고양이의 정성에 마음이 움직인 신은 고양이를 어여쁜 아가씨로 변신시켜 주었습니다.

"자, 네 소원대로 이제 너는 사람이 되었다. 그러니 명심하거라. 이제 다시

얌전한 고양이가 부뚜막에 먼저 올라간다

보통 겉보기에는 얌전하고 전혀 엉뚱한 짓을 할 것 같지 않은 사람이 엉뚱한 행동을 하거나 기대와 달리 자기 실속을 차리는 일에 알고 보면 제일 먼저 나서 있는 경우에 일컫는 속담이에요. 그러니까 겉으로는 얌전하고 아무것도 못할 것처럼 보이는 사람이 딴짓을 하거나 자기 이익을 다 챙기는 경우에 써요.

는 고양이처럼 행동을 하면 안 돼. 알겠니?"

신은 사람이 된 고양이에게 이렇게 말했습니다. 고양이는 열심히 고개를 끄덕였습니다.

어여쁜 아가씨가 된 고양이는 소원대로 남자의 사랑을 받고, 결혼도 하게 되었습니다.

그러던 어느 날이었습니다. 신은 고양이가 약속대로 고양이의 습관을 버리고 잘 살고 있는지 궁금해졌습니다. 신은 살그머니 고양이 아가씨가 있는 방에 쥐 한 마리를 풀어 놓았습니다.

"앗, 쥐다!"

쥐를 본 아가씨는 입맛을 다시더니 순식간에 쥐를 잡아먹고 말았습니다. 신은 몹시 화가 났습니다.

"너는 나와의 약속을 지키지 않았다. 그런 행동을 하면서 사람인 척 살 수는 없어!"

신은 아가씨를 고양이로 되돌려 버렸습니다. 고양이는 슬피 울면서 잘못을 빌었지만, 신은 끝내 용서하지 않았습니다.

33
원숭이의 거짓말

어떤 남자가 애완용 원숭이를 데리고 항해를 하고 있었습니다. 그러다 그만 태풍을 만나 배가 뒤집히고 말았습니다. 사람들이 물에 빠져 허우적대고 있을 때, 사람들을 구해 주려고 돌고래 한 마리가 다가왔습니다. 돌고래는 원숭이를 사람으로 착각해 등에 태웠습니다.

"어디서 오신 분이십니까?"

돌고래가 원숭이에게 물었습니다. 원숭이는 돌고래가 자신을 사람으로 착각하고 있다는 것을 알았습니다.

'사람이 아닌 것을 알면 나를 도로 바다에 빠뜨리겠지! 안 되겠다. 굉장히 대단한 사람이라고 거짓말을 해야지. 그러면 나를 무사히 육지에 데려다 줄 거야.'

원숭이는 목소리를 가다듬고 말했습니다.

"아, 저는 저 바다 멀리에 있는 큰 도시에서 왔습니다. 이름만 대면 누구나 알아주는 유명한 가문의 후손이지요."

"그러십니까? 그러면 피레우스도 아시나요?"

피레우스는 돌고래가 지금 원숭이를 데려다 주려고 하는 항구의 이름이었습니다.

"아, 그럼요. 잘 알고 있습니다. 저의 친한 친구인걸요?"

원숭이는 당연하다는 듯 말했습니다. 하지만 돌고래는 원숭이의 거짓말을 알아챘습니다.

'뭐? 항구가 자기 친구라고! 그럼 여태까지 다 거짓말을 한 거였어? 그러고 보니, 사람이 아니라 원숭이잖아!'

돌고래는 원숭이가 자신을 속
인 것이 괘씸했습니다.
그래서 등을 흔

들어 원숭이를 바다에 빠뜨려 버렸습니다. 그리고 허우적대는 원숭이를 바라보며 이렇게 말했답니다.

"흥. 그렇게 친한 친구라면 네가 헤엄쳐서 직접 찾아가려무나. 처음부터 솔직하게 얘기했으면 구해 주었을 텐데."

34
심술쟁이 개

놀다 지친 개가 마른 풀이 가득 든 소들의 여물통을 발견하였습니다.

"야, 이것 참 폭신하겠는걸? 여기서 낮잠을 자면 참 좋겠어."

그러고는 여물통 속에 들어가 잠이 들어 버렸습니다.

들판에서 일을 마친 소들이 외양간으로 돌아왔습니다.

"아, 배고파. 어서 여물을 배불리 먹어야지."

그런데 이게 웬일입니까? 여물통 속에 떡하니 개가 누워 자고 있어 소들은 여물을 먹을 수가 없었습니다. 소들은 개를 깨웠습니다.

"이봐, 우린 지금 배가 몹시 고프다고. 다른 데 가서 자."

하지만 개는 들은 척도 하지 않고 말했습니다.

"배가 고픈 건 너희들 문제이지, 나랑은 상관없어. 난 여기가 좋으니까 그냥 계속 잘 거야."

소들은 어이가 없었습니다. 허기진 소들은 큰 소리로 울어 댔습니다. 그 소리를 듣고 농부가 왔습니다.

"아니, 이놈의 개가 어디서 자고 있는 거야. 썩 꺼지지 못해!"

농부는 막대기를 들고 와 개를 흠씬 두들겨 패 주었습니다.

"아야야, 아야야. 아까 소들이 비켜 달라 그럴 때 비켜 줄걸. 괜히 심술부리다 매만 실컷 맞았네."

개도 주인을 알아본다

짐승인 개도 자기를 돌봐 준 사람의 은혜를 안다는 뜻이에요. 하물며 짐승도 은혜를 아는데 사람은 더 은혜를 잊지 않아야 한다는 말이에요. 하지만 이 말은 종종 은혜를 모르고 그 은혜를 오히려 나쁘게 갚는 사람의 경우를 빗대어 많이 사용해요. 한마디로 은혜도 모르는 사람을 나무랄 때 사용하는 속담이에요. 우리는 은혜도 모르는 사람이 되어서는 안 되겠지요.

35
농부의 거짓말

    남편을 잃은 아름다운 여자가 있었습니다. 여자는 매일같이 남편의 무덤으로 가 슬프게 울었지요. 그 모습을 본 한 농부가 그 여자를 좋아하게 되었습니다. 여자의 마음을 사로잡아 결혼을 해야겠다고 생각한 농부는 밭을 갈던 소를 내버려 둔 채 여자의 곁으로 가 우는 척을 했습니다.

    "아니, 왜 우세요?"

    여자가 물었습니다.

    "최근에 남편을 잃으셨군요. 저도 얼마 전에 아내를 잃었답니다. 당신이 울고 있는 모습을 보니 저도 아내 생각에 눈물이 납니다."

    농부의 거짓말에 여자는 깊이 감동했습니다.

    "어머나, 아내를 무척 사랑하셨나 보군요. 저도 제 남편을 무척 사랑했답니다."

그러자 농부가 말했습니다.

"우리 서로 비슷한 처지인데, 결혼해서 서로를 위해 사는 건 어떨까요?"

잠시 생각해 보던 여자는 고개를 끄덕였습니다.

"네. 그렇게 하도록 하지요."

일이 생각대로 된 것에 기뻐하던 농부는 그제야 내버려 두고 온 소가 생각났습니다. 그러나 이미 소는 도둑이 훔쳐가 버린 뒤였지요.

"이럴 수가! 내 전 재산인 소를 도둑맞다니, 아이고……."

거짓 눈물로 남을 속이려던 농부는 정말로 눈물을 펑펑 쏟고 말았습니다.

36
불평쟁이 공작

멋쟁이 공작이 자신의 화려한 깃털을 펼쳐 보며 감탄했습니다.

"아, 내가 봐도 정말 아름답군."

하지만 곧 한숨을 내쉬었습니다.

"깃털만 아름다우면 뭘 해. 목소리가 아름답지 않잖아."

투덜거리던 공작은 신을 찾아가 하소연했습니다.

"신이시여, 제 깃털에 걸맞는 아름다운 목소리를 내려 주십시오."

신은 부드럽게 공작을 타일렀습니다.

"모든 걸 다 가질 수는 없잖니. 너는 다른 새들

보다 훨씬 아름다운 깃털을 가졌으니 거기에 만족하렴."

　그러나 공작은 계속 떼를 썼습니다. 마침내 신도 화가 났습니다.

　"네 소원은 들어줄 수 없어! 아름다운 목소리를 갖게 되면 너는 네가 갖지 못한 또다른 것을 계속 탐낼 테니까."

백만 엄마들의 가슴을 뛰게 만든 바로 그 책,
〈공부가 되는〉 시리즈

● 재미와 호기심을 충족시키며 교과 연계 학습까지 되는 **기초 교양 학습서**

● 연이은 백만 엄마들의 뜨거운 호평, **출간 즉시 베스트셀러 도서**

● 통섭과 융합형 교과서로 **하버드 대학 교수가 추천한 도서**

공부가 되는 세계 명화
글공작소 글 | 18,000원

공부가 되는 한국 명화
글공작소 글 | 18,000원

공부가 되는 식물도감
글공작소 엮음 | 37,000원

공부가 되는 별자리 이야기
글공작소 글 | 12,000원

공부가 되는 공룡 백과
글공작소 글 | 장은경 그림 | 13,000원

공부가 되는 탈무드 이야기
글공작소 엮음 | 12,000원

공부가 되는 삼국지
나관중 원작 | 장은경 그림 | 12,000원

공부가 되는 유럽 이야기
글공작소 글 | 14,000원

공부가 되는 조선왕조실록 1,2 (전2권)
글공작소 글 | 김정미 감수 | 각 13,000원

공부가 되는 저절로 영단어
다니엘 리 글 | 14,000원

공부가 되는 우리문화유산
글공작소 글 | 14,000원

공부가 되는 저절로 고사성어
글공작소 글 | 15,000원

공부가 되는 한국대표고전 1, 2(전2권)
글공작소 글 | 각 13,000원

공부가 되는 셰익스피어 4대 비극·5대 희극(전2권)
윌리엄 셰익스피어 원작 | 글공작소 엮음 | 각 14,000원

공부가 되는 논어 이야기
공자 지음 | 글공작소 엮음 | 14,000원

공부가 되는 그리스로마 신화
글공작소 글 | 12,000원

공부가 되는 경제 이야기 1,2(전2권)
글공작소 글 | 각 13,000원

공부가 되는 한국대표단편 1, 2, 3(전3권)
박완서 외 지음 | 글공작소 엮음 | 각 13,000원

공부가 되는 로빈슨 과학 탈출기
대니얼 디포 원작 | 글공작소 엮음 | 13,000원

공부가 되는 일등 멘토의 명연설
글공작소 엮음 | 13,000원

공부가 되는 가치 사전
글공작소 엮음 | 13,000원

공부가 되는 안네의 일기
안네 프랑크 원작 | 글공작소 엮음 | 13,000원

공부가 되는 과학 백과 우주
글공작소 글 | 13,000원

공부가 되는 과학 백과 지구
글공작소 글 | 13,000원

공부가 되는 과학 백과 인체
글공작소 글 | 13,000원